21

Twenty One

落落 编著

目录

Lullaby 004

21 033

二十一岁一枯荣 047

Lunar Hunter 063

千安万里 083

佳人相见一千年 105

洗衣机里的海 121

舞 141

星程 151

雪国之晓 161

东京火星 169

臆想之敌 177

如果你听见我的心 185

星火 193

at 21 201

Dreams 244

创作群 at 21 260

后记 262

LullLaby

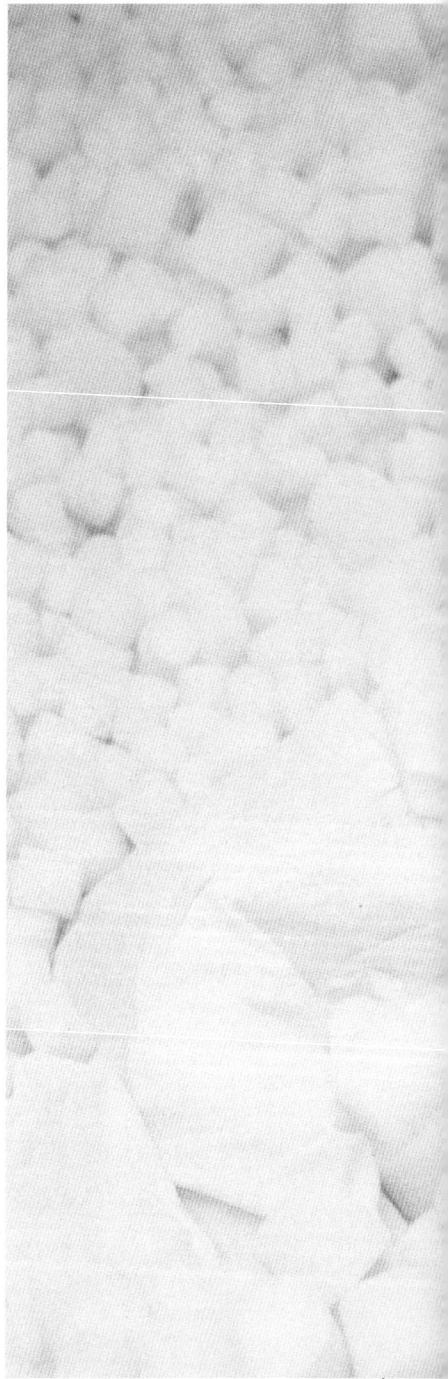

PHOTOGRAPHY
八公小羊

MODEL
王小青
晏嘉

21

Twenty One

《21》

落落

【21——1】

崔恕开门时手抖得厉害，他闻到自己鼻息里的酒精味儿，是它们化走了自己三分的魂，让残存的他面对密码锁上的九个数字，陌生得瞪了瞪眼睛。他还记得密码是自己的生日，四个数字。那么，哪四个？头疼在此刻瞅准了机会，强力地袭来了，崔恕两条腿往墙角倒，又被自己扔在地上的包绊了个趔趄。他挨到地面的一瞬间，整个人忽然松懈了下来，嘴角忍不住笑出一丝弧度，是啊，地面虽硬也还是舒服的，何必呢，非得支撑着下车，踉跄地进电梯踉跄地出，晕沉沉地摸在走廊里，就地一躺明明是多么解脱的事啊。

崔恕闭着眼睛又缓缓睁开，看见廊顶那盏白寥寥的顶灯。

他看见小旗那时来了。她在白色的灯光下镂出一个暧昧的形状。

小旗的生日是 3 月 21 日。他记得很清楚。

崔恕第二天醒来时特别懊恼，他恨透了自己耳根子软的弱点无论如何也纠正不掉，同事让他喝他就喝了，明明同事明摆着是欺负他一个实习生，用假透了的恭维话让他完全下不来台，不仅剩下的威士忌都干了，还抢着埋了单。

崔恕一边坐在床边揉着太阳穴，一边从床头找到手机想确认银行的短信提示，余额还够不够自己顺利撑过这个月。

手机上果然有新短信的红色数字符，不仅如此，还有十个未接电话的提示。崔恕有些慌，点开一看果然是女友。他急急忙忙地打过去，那头传来直接被掐断的嘟嘟提示音，崔恕再打，还是被掐断。崔恕知道此刻女友的怒火仍旺，不适宜强攻，于是他暂停了求饶，站起身要去卫生间里洗漱。

那会儿他忽然发现通话记录里有小旗的名字，就在昨天，昨天晚上，两个未接通，一个接通。

崔恕仔细看着时间。他的记忆有些模糊。

是他走出店门的时候，还是上了出租车的时候，还是跌跌撞撞走出电梯的时候——总之他拨出小旗电话，第一个，没有人接，第二个，还是没有人接，第三个，小旗接通了，然后……崔恕用力地揉了揉眼睛，看清手机显示他们通话时间是 21 分钟。

跨了一个日期分界线的零点。

崔恕忽然回想起，昨天夜晚小旗俯瞰着自己，他则仰视着小旗。这个画面不真实，但它原来不是梦。

异常具体地发生过。

小旗从他躺卧的角度看上去很陌生，并不是因为他们有近一年没有见的缘故，只是角度而已。她的身形总是远远落后于自己，所以他早就习惯了俯视中她看起来显得更细弱的四肢，习惯了她头顶的绒发。而当崔恕在水泥地上，看她淋着一身白色的光。近一年没有见，她成了一个彻底陌生的人。既陌生又美丽。

他记得自己在酒精的作用下整个人烫得不理智，小旗围着一条围巾，围巾随着她蹲下身垂到了地上。

他举起右手，手还落空了一次，然后才绕住围巾的那一头。

崔恕实习的地方是一家报关公司，和海关的业务往来最多，当初海关也是他的第一工作志愿，但国考失败后，一切迅速地沉寂了下来。

这种滋味他以前没有尝过，不是仅仅指一次失败，仅仅一次的失败无非兜头一盆凉水，刺激再强烈也有时限，而他却忽然陷入了茫茫之中。他那会儿开始怀疑自己到头来没准是个失败的人，所谓留洋的成绩徒有表面的光鲜，真正擅长的东西早已失去了它们固有的形状，在手里融化成一掬渐尽的水。他连朝再远处眺望一下的勇气也没有，每天在父母的催促下只想着投简历，投简历，找个工作赚钱，先找到工作，先赚钱再说。当初被老师们点燃在教室空气中，那些不断回响，在他胸口激荡的词语，只是在脑海中浮现一下，也觉得是个笑话。

是真正从体感开始的迷失，和父母的关系也糟了起来。尤其原先他不会过多顾虑和后母的交往，可那会儿他对这种无须顾虑的自信产生了厌烦。没有过真正的爆发争吵，后母把他的一件外套洗了晾在衣架上，第二天崔恕回来后看到只能干洗的大衣在窗台前板结出了无可挽救的新质感，他当着父亲的面，把外套从衣架上取了下来，扔进了垃圾桶。父亲一愣，吼他：“你干吗？”

崔恕合上垃圾桶的盖子："什么干吗？"

父亲："你干什么？"

崔恕朝一边的后母看了一眼，他觉得自己脸色一定很难看，是那种破罐子破摔前夕的难看。

倒是小旗在此刻走了进来，她浑身蒸着汗，白T恤在胸前背后都湿出了微妙的形状。她将跑步鞋放进一边的鞋柜，然后拍拍自己的母亲。

小旗："妈，你不知道，哥那件衣服很重要的。"

小旗的母亲有了开口的机会："是我不好是我不好，我应该看好水洗标签再弄的。"

只剩下父亲一个人继续和崔恕为敌："你妹妹比你懂事多了。"

崔恕是有脱口而出的冲动，反正吵架嘛，也不用问到底有什么由头，什么逻辑，本来就是动了怒，所以得发作而已——因此他几乎已经朝小旗看了一眼，那是提示般的一眼，所幸的是最后他忍住了。

"是啊，因为我们不同父也不同母。"

他还是没有说。

非常奇怪的是，恰恰相反，并不是因为这个话会打击到谁，他才没有说，而是崔恕的潜意识里很明白，这样的话，这样的阐明，只会让人振作。他始终极力规避这点。

不是亲兄妹啊——尽管是事实。

那天之后没多久，崔恕很快搬去和同学合租了房子，换了一个环境后，他投的简历有了回音，面试结果还不错，最后获得了实习资格，以及挺意外的是，前女友也主动传来了音信。合租的同学连说一定是风水改变了，带给了崔恕好运气。

同学在水龙头前一边洗头一边朝他说："你自己回想一下呗，是不是，在家里时经常发生坏事情。一离开就好了。"

崔恕手上拿着熨斗，他的自理能力比同龄人强些，好歹留学时吃过点苦：

“你还学法律的呢，没见过比你更迷信的人。”

同学头上的肥皂泡越来越丰富了：“你别忙着挤对我，你自己回想一下嘛。”

崔恕：“回想什么啊。我家里好好的。”

但一转眼，熨斗在西装上走歪了路，新西装违背了设计师的初衷，独辟蹊径地折出了新的形状。等崔恕反应过来自己的重大失误，他放下熨斗朝同学的屁股踢了一脚。

同学：“怎么了怎么了？！”

崔恕：“都是你，啰里吧唆。”

同学：“我说什么啦？”

崔恕从家里搬出那天，他还是和小旗打了个照面的。尽管小旗明明得跟着一个剧组去外地一个星期——一度是他确认过的消息，他也多多少少有点刻意挑选了小旗不在的时候搬家，可崔恕走出楼道，看见搬家公司的司机倚着车门和一个女生在闲聊。小旗开了一罐可乐，喷出的泡沫让她哈哈大笑了起来，年轻的司机一愣，整个人紧张起来，不知如何是好似的，一只手紧接着下意识地要搭上来。

崔恕忍不住快步走上去，拉着小旗到一边。

崔恕觉得自己挺自然：“你回来啦？”

小旗也一样很自然：“噢，是啊，剧组有两件衣服要先还回来。”

崔恕点点头：“这样……”

小旗起了新的话题：“你东西真少啊。”

崔恕笑：“我是男生呗。”

小旗眼睛翻了翻：“那还大费周章地叫搬家公司。”

崔恕又笑着：“是没怎么想清楚啦。”

小旗忽然表情认真了起来：“早点找到工作哦。”

崔恕还是存着先前玩笑过后的余波：“可惜，我的第一份工资已经被我爸预定完了哦。”

于是小旗也跳回之前的气氛：“连给我买一杯饮料的钱也没有了吗？”

崔恕："要看什么饮料。"

小旗晃晃手里的可乐："这个就行。"

崔恕："行吧……"

等一切都收拾完，搬家车要开了，小旗问他，车是往哪个方向？

崔恕突然踌躇了，他其实不想透露自己的新住址。

小旗看出来了，她笑得有些夸张："哎呀，我只是想顺路的话，让你帮忙捎一段，我去湖意街那边。"

崔恕有些不忍："嗯……那是顺路的。会经过吧。"

小旗看他："你别勉强。"

崔恕被激了一下："什么啊，你上车吧。"

这时轮到司机师傅好容易逮到自己能加入的话题："前面可坐不下了啊。"

崔恕立刻抢白说："让她坐副驾驶，我跟着其他人上车厢里去就行了。"

小旗只是继续盯着他，笑意从她眼睛里飞快地划过。

崔恕在车厢里头沉甸甸的，他过往从不晕车，所以多多少少还是和小旗有关。崔恕一直都很清楚。

之前崔恕过 21 岁生日，那原本应当是如常的一天，他自己也没有借着生日的名头提升一下存在感的打算，但小旗说还是庆祝一下吧。崔恕把这看成来自妹妹的撒娇，好吧好吧，他点头。

小旗端出了蛋糕，没来得及补火柴，她就用打火机代替。

她的手指上燃着一团火。会吹动它的只有两人轻弱的呼吸，于是火焰开得很好看，让崔恕和她都聚精会神地关注着须臾的绽放。所以崔恕到后来也不太肯定是怎么发生的，忽然，火光熄灭了，与此同时，他感觉到了小旗的嘴唇。

他始终不敢去回忆，手朝时光的水面里伸下去，捡起的时候也尽量避免着，接触面积越少越好。一如那是某种传染性极强的物质，倘若触碰的时间太多，会带来不堪设想的后果。

仅仅是冒出不堪设想这四个字，始作俑者的小旗，就在他的回忆里突然变成一个完全不同的人。一个和年龄差完全没有关系的，只在性别差上拉着警报的人。

那个吻结束在崔恕惊诧的撤场中，他完全没有防备，太没有防备了，于是连长久以来共处过一室的家，整个空间，全部空气，两人共同坐过的沙发，一起抢夺过的遥控器，厨房，插在筷子筒里被挤得贴在一起的筷子，抱枕，她坏掉过的自己帮着修好的照相机，一面镜子里同时照出两个人……所有一切都在那个刹那成了敌人，将他逼到角落里，拷问着他一个连题目也不能揭露的问题。

崔恕是硬凑了个不成功的干笑，对小旗说，你该不会是之前喝酒了，喝醉了吧。哎，我去帮你找找，好像有个什么茶，我记得喝了能帮助醒酒。

他夺门而出。只在关门的瞬间，崔恕瞥见小旗身子朝着他的方向，手上的火光还是熄着，但她眼睛没有完全暗淡下去。

这是后来崔恕反复思考过，觉得最不安全的地方。

他在那个吻之后熬过了最为艰难的一段时间，得装作什么也没有发生过，生硬地打哈哈，疲惫地扮演无动于衷，同时还得尽最大可能地避免所有和小旗接触的可能，他甚至想出一个非常有待考量的方法，努力地去向刚分手的前女友求复合，虽然他对前女友始终没有变过心，但那会儿明显是希望对方作为一种阻碍。在没有其他物理屏障可以借用的时候，只希望这样的情感屏障能够暂时遮挡一下，暂时遮挡一下也好。他的力气在奇怪的地方发酵放大，奉上的努力和诚意大大地感动了前女友，女孩子果断地摘了“前”字重新出现在机场，结束留学回了国。

崔恕还将她接到家里吃了个饭，等同于介绍给所有家人般的“地位确认”。小旗也在。小旗什么也没有表现出来，正常地吃饭，正常地帮着递酱油，递筷子，正常地在饭后帮着洗碗。

崔恕在那个时候走进厨房给女友倒水，发现饮水机上的水桶空了。小旗说着哦哦，自己去小阳台上拖过水桶，崔恕忙说我来啊，结果小旗手一腾，水桶直接掉在地上砸出了裂缝。整桶水顷刻哗啦啦流了一大半，将崔恕和小旗的两双脚都泡在了小塘子里。做母亲的赶过来，嚷着哎呀哎呀，你们快出来，我去找拖把，一边将两人推进了卫生间。小旗放下马桶盖坐了上去，摘下脚上两只被泡得充盈极了的白袜子，想要扔进不远处的洗衣机，但她差一点，一只虽然成功了，另一只湿漉漉地砸在瓷砖上。崔恕是条件反射地替她捡，接着开始感觉到包括这个动作在内的所有一切都不自然。小旗扯过身边的卷筒纸叠成厚实的大方块，将脚掌压上去，动作挺随便地擦拭着。崔恕也已经脱了袜子，他同样赤着脚。

所有一切都很不自然。

崔恕觉得脖子后面有一片正在不知所措的风。

小旗那时抬头朝他望着。崔恕看她架着右腿，裤管挽高了一些，从脚踝一直往下，都白得有些惊人。崔恕忽然之间发现自己脸上一阵烧红。

小旗大概有一刻是几乎要说什么的，但她末了还是什么也没有说。她冲客厅的方向转过头，崔恕的女友还在和两位老人家热络地聊天。

【21——2】

小旗没有听到前两遍来电铃声，她在忙着给剧组赶一件服装，几天没怎么睡，人涣散得厉害。第三遍铃声是她坐在马桶上刷手机时响起的，突兀到吓她一跳，看到“崔恕”的名字时反而冷静了下来。

离 19 岁已经过去了两年。两年是个无法准确形容的时间段落。但她比两年前更生机勃勃了似的。这是小旗自己也没有预想到的发展，原先她非常贪恋一切和“善终”两个字没有关联的结局，不由自主要朝旁人眼中最坏的那个选项里落笔打钩。那是 19 岁时突然出现的精神荨麻疹，精神上的虚无迫使她一再地向外界寻找刺激，任何刺激都可以。大到结交一个不搭调的男友又很快分手，小到把刚刚涂完整的指甲油一块一块剥得残缺，她不觉得那是美的，正相反，她知道那一手的斑驳特别不好看，所以她就想让自己不好看。

那时 19 岁，前所未有的厌世情绪却不似旁人猜想那样总是尖利沸腾，没有，它们是被粉红色棉花糖质地包裹的末日心态，渴望毁灭的心一点也不焦躁或愤怒，是白色透明的黏丝，一尝都是腻口的甜。

如此说来，她也是抱着这样站在末日边缘的心态，在崔恕生日的那天，她熄了打火机的火，侧过一点脸，然后朝他的下巴迎上去，吻得很踏实。

她之后也没有后悔。倒不如说，小旗知道现在是把难题推给了崔恕，一个她无解，崔恕也不会有任何正确答案的难题，推到了崔恕面前。她只需要看着，男生是如何慌了神，她喜欢他慌了神的样子，看他是如何频出烂招，她也喜欢他在饭桌上语调不由自主地提高介绍女友的样子，然后再意料之外地，两人在卫生间里，各自赤着湿漉漉的脚。小旗把脚趾中间也擦干净了，发现崔恕的脸红得一片诚实。

你知道我对你是喜欢的呀。小旗想。

这样想着的小旗，从 19 岁进入了 21 岁。

先前跟着人做化妆助手，她虽然有些古怪的小性子，但手上活还是干得很爽利，老师也夸了“脑子转得快”，于是由一个推荐给另一个，从给几个小明星当时装助理开始，慢慢地也能接到私活为某些拍摄活动制作服装。她“生机勃勃”是必然的。美好的赠予是末日之后的连绵花田。

小旗走出卫生间时，手机上崔恕的名字还在响着，一阵持久的敲门声，小旗终于按下了通话键。话筒那边一时半会儿没有声响，小旗“喂喂”了两声。

在崔恕搬出去住后，小旗曾经见过他一次。那天小旗从工作的摄影棚回来，一个摄影助理跟了她一路，小旗起先没有特别在意，转过身去迎着对方嘻嘻笑着招呼他来一起吃个晚饭。但偏离了她设定路线的是，对方没有因为自己的跟随被识破而顺势下了台阶，反而一把拽住她的手腕，捏得小旗生疼。她心里冒起警钟，开始同样大动作地反抗上去，试图挣脱，但对方始终没有撒手，拖着她朝荒野处一米一米地挪。小旗开始拼尽全力地挣扎并大叫，在远处一辆车的车灯照来的时候，她朝对方下身猛踹两脚，随后连滚带爬地跑远了。

小旗一路跑到热闹的十字路口，才站定了。她胸腔里的剧烈跳动，虽然已经从奔跑中完结，但没有从方才的激动里平静下来。小旗在附近的冷饮摊上买了罐冰饮，一边灌着一边认出了，这个路口有点眼熟。

哦，她啧啧一声，是之前，崔恕搬家的时候，自己搭顺风车时，就在这个路口下的车。载着崔恕的小货车是往右边去了。

小旗也往右边去了。

当然她从来不知道崔恕到底住在哪里。不知道他在做什么。不知道他是不是还和他的女友在一起。

但她知道他在右手边的某个方向。

已经是非常明确的一个方向了。排除掉了其他所有可能。

小旗手上的抓痕依然阵阵抽痛，可她的步履逐渐恢复过来，胸腔里狂奔的心脏也趋于平稳了。大概是因为自己所走的这条路吧，小旗想。

“趋于平稳了喂！崔恕！你说我想到你时居然是趋于平稳！一般来说不是应该正相反吗！你到底怎么回事嘛！”小旗觉得有点好笑。

她一路像玩着游戏，从杂乱的拼图里凑出崔恕的轮廓。不太好，有时候抓在手里，摊开后认出是早前的崔恕，17 或 19 或 21 岁时，他变化不算小，倒不如说在她心里的变化非常大。小时候他们还一起在厨房里偷吃冰淇淋，但后来她看见崔恕从门外进来，嚷嚷着饿死啦，他一边卷袖子，一边撩开手臂就从桌上夹了两只饺子，仰着头，扔进嘴里。怎么说呢，就是那一系列的动作，小旗知道他在自己心里飞快地改变了性质。

没说不可以。

但比起不可以，另一个选项才是真的毫无可能。

因此直到 21 岁，她对于两年前的亲吻依然没有悔改的意思，倒不如说，暗暗地佩服和喜爱，那样一个把每天当成末日来过，所以压根不在乎同归于尽的人。也正是这样的自己，试图写成遗言的信，却在两年后，纸页生了根，根上长出碧青的茎和叶，两年后一片泛滥的生机。

小旗真的在那条路上看见了崔恕。他从一个店门里走出，手上捧着东西，所以是背先出来的，整个人弓下去一点。

小旗连蹦带跳地追上去，呼啦整个人往崔恕手上的纸箱一倒。崔恕一下没准备，左腿单膝着了地。等他认出小旗，责备的话已经准备好了，然而小旗伏在自己面前，她的两只眼睛忽然放大了一圈，是眼泪扩充出的一圈，再一圈。崔恕有些发怔，把小旗再认了一遍。看出她衣服有些乱，头发也毛躁躁的，崔恕将箱子滑落到地上，随后试图握住小旗的手时，突然被她打开了。

崔恕喉咙里闷闷的："摔过跤了？是吗？"

小旗一屁股坐在纸箱上，她的眼泪还在不受控地往外掉："算你出现得及时。"

崔恕当然不明白："怎么了？"

"没什么。"小旗头一歪。

崔恕知道女生说反话的技能正在发动："别闹了，到底什么事。"

小旗把手腕举起来，给崔恕看上面已经变紫的瘀青，她用一个主谓宾的短句讲述了方才的经历。

崔恕的脸色白了片刻后迅速发红："不行，这得报警。"

小旗点点头："嗯，我会的。"

崔恕："我陪你去吧，现在。"

小旗："你现在有空？"

崔恕毋庸置疑的语气："没问题。"

小旗抹一把脸，她低头看自己的脚尖，最后喊了一声："崔恕。"

"嗯？"

从警局回来的时候，崔恕将小旗领到自己住处的楼下，但小旗说不上去了，既然崔恕不想暴露巢穴。崔恕有些尴尬，连说要不你上去歇一歇也好，最近同居的室友回老家，所以她不会觉得不自在。

“我不会觉得不自在的。”小旗把这句话重复一遍。

“嗯啊。”崔恕的语气却弱下去一些。

“但你会不自在啊。”

“我不会。”崔恕嘴硬得很明显。

微弱光线下，崔恕能感觉小旗笑起来，随后她上前一步，两个人的距离近了一半。

“崔恕。”小旗的外套上有口袋，口袋离崔恕也近了一半。

崔恕身体朝后仰了仰：“我……”

“其实你喜欢过我的。”小旗说。

“什么？”崔恕把这句话在脑海中重复了几遍。

“很早以前，你是喜欢过我的。”

“我……”崔恕想着，就这样否认应该是不好的，不善良的吧，在这个时刻。

“只是你肯定想‘绝对没有啊，这人在强行拉郎配了’吧，‘我对她只是对小妹妹一样的关怀而已’‘怎么会喜欢过呢’。”小旗的口袋还是离得很近，“对吧？你这样想。”

但你确实是喜欢过我的，只是这喜欢你自己没有发现没有明白以后甚至没有留下任何痕迹，只有我啊，过了几年重新发现了它们，可它们对你来说既没有存在过也没有存在的可能。

小旗看着崔恕。

你觉得那个跟着后母来的小丫头好像有点内向，但你不拿她当外人了，你和她分享很多事，有时候甚至忘记了应该有的距离，你有时候出来保护她，有时候又忍不住要欺负一下，就是那一点的一下，把她的作业本藏起来，或者拿走她的发圈。这些都是你喜欢她的表现。所有这些，都是我后来知道的，我知道的时候我已经喜欢你了，但你已经大步地朝前走，全部一切，你都不会再回头看一眼，不会认领它们，不会承认它们，然而我已经喜欢你了。从你的 17 岁开始，到我的 21 岁为止，我们中间只是差了两年，但这两年中错落下的距离，我永远都没有追回的可能了吧。

小旗胸口的口袋一点点远离了崔恕。她一点点远离了崔恕。

“我以前一直觉得，被人喜欢不是坏事，真的，但今天晚上，刚刚发生那种状况后……我好像真没办法立刻说出‘被人喜欢不是坏事呀’……说不出这种话了。”小旗从背包一侧抽出一个空罐头，红色的饮料罐，是刚才在路边买的冰可乐，朝崔恕摇了摇，“你以前说拿了第一份工资会买给我的呢。之后我就没有喝过可乐，等你买给我呀。因为等的时间越久，之后得到的才会特别宝贵吧。不过，嘿，真是的，今天晚上，不知怎么，我就忽然破戒了。明明有雪碧，有奶茶，还有咖啡，橙汁，我就特别想喝可乐。”

崔恕想取过她手里的罐子，意料之外的，小旗捏得很紧。

小旗双手慢慢地放下来：“但被人喜欢不是坏事。至少我现在还是这样想的。”

她冲崔恕摆摆手道了别，之后大约近一年没有打过照面。

小旗捏着手机，话筒那边只有一阵忽远忽近的鼻息，小旗把电话放在桌边，继续忙着自己的活。一会儿，电话那边响起崔恕的男声，小旗可以确定他醉了，是因为他醉的时候和别人不一样，发音会变软而不是变僵硬。

“还有一个月吧，你的生日……”崔恕的声音隔了很多道实和虚的障碍，切出一些别样的形状。

嗯嗯。小旗自言自语地回答。

“过完生日是几岁？”

现在 21 岁，过完就 22 岁了。小旗心想。

“3 月 21……”

是的。3 月 21 日。

之后中间停留了很久很久的空白。小旗知道催也没有用，只不过她确实放下了手头的活，好好端坐在电话前，抱着膝盖等。

依然是很久的空白，久到让人每次都以为结束的时候，小旗决心再等一等。

“很像是……321，很像是……那个……倒数。”

嗯？是吗。

“倒计时的……3，2，1。”

是啊。

“‘3’。‘2’。‘1’。”崔恕那会儿躺在地上，他迷迷瞪瞪地望着顶灯的白光，每一个数字他都念得很重。

“怎么了嘛。”小旗凑近话筒说。

“我想说，我想告诉你。你说的没错。”

“我说的没错？”

“嗯。”

崔恕的确是比小旗快两年的，什么都快两年，而且时间只能朝前，无法回溯，所以他没有办法回头，一切都只有流走，流经他的身边到小旗脚下。她第一次出现在自己家时存在感紧绷得一触即碎，但放学回家的崔恕还是须臾升起了想要摸摸她头的冲动。他永远站在她之前两个前哨站的地方，17 岁交给 15 岁的安全，19 岁交给 17 岁的希望，和应当在 21 岁时交给 19 岁的决绝。

灯光在崔恕眼前迷离地晕开。他想起所有这些给予的动作。一个外套扔过去，一个枕头砸过去。一个手掌轻软地盖上。一管牙膏，一个面包。一道忽然被熄灭的火焰。

崔恕在心中默念了倒计时的“3”，“2”，“1”。

“我确实喜欢过你。”

21

Twenty One

《二十一岁一枯荣》

天宫雁

有这么一种说法，说汽车租赁业者是最明智的。许多地方 16 岁允许驾车，18 岁允许投票，21 岁喝酒，23 岁结婚。而只有汽车租赁业规定只有年满 25 岁才有资格租车。科学实验表明，人类的大脑在 25 岁以后才逐渐发育完全。25 岁之前的苦闷，是不是都可归因于大脑的不健全呢？青春果真是脑残的特权。

——题记

1

人的身上是有开关的吗？比如说，喜欢和不喜欢的开关，聪明和笨的开关，少年和成人的开关。17.99999 岁的人和 18 岁的人身上有什么决定性的不同呢？只要过了午夜十二点，就能脱胎换骨，变成另一个人吗？如果真有那种开关，不就很恐怖吗？

我们家的规定是满 21 岁才可以谈恋爱。据说那是甩脱了青少年期的天真，但还不至于被现实折磨致残，有理想也有历练，生嫩但不青涩，不管是精神还是肉体都处于鼎盛时期，而且大学也刚好快毕业，如果恋爱顺利，一毕业就能结婚的黄金年龄。

但是……会相信小孩能听话地等到 21 岁才开始恋爱的长辈才是真正的天真……吧？

我的理想模式是 24 岁上下结婚，而在那之前进行十年左右的爱情长跑。如此一来，有人问起我们的相识相处，我就能装模作样地炫耀一下经过岁月洗礼的扎实爱情。又是老夫老妻，又是新郎新娘。而且，大概因为在单亲家庭长大，潜意识里总要争一口气，证明坚实感情的存在。简直怀着愚公移山的精神去亡羊补牢。

不过也因为是单亲，我非常体谅妈妈的辛苦，会克制自己不做出格的事。

行动上有限制，想象力就变得丰富起来。

越是不准恋爱，身边的人看起来就越可爱。别人的东西就是比自己的好。吃不着的肉总是鲜美的。就是那么回事。我从踏入中学大门的那一刻起就在寻找理想的目标。那是个挺微妙的年纪。身边的臭男生虽然还是很臭，但在那种和自己截然不同的野性里又隐隐地透出原始的刺激和美感来。大概就像麝香既难闻又催情一样。

高中毕业之前，陆陆续续喜欢上的男孩子就超过五个。主动表示好感的有一两个，其余的只是单恋和暗恋。没告白过，也没和任何人交往。也有过几次由别人发动进攻主动示好的情况，但最后还是用模棱两可的态度渐渐冷却掉了。一方面是顾及和妈妈的约定，更重要的还是自己心里没底。放任自己去喜欢的时候，看到的全是人家的优点；一旦要再近前一步衡量计算，又觉得谁都配不上自己……

所谓“暧昧”就是挡在导体中间的那张绝缘片。只要我不点头，只要不掀开那块盖头，我就是能够适配天下所有电器的电量满满的小电池。

也有擦枪走火的时候。

高中一年级时，我跟同社团的三年级的学长走得很近。他长得端正，讲话有趣，比起同年级的男生来要更犀利自如。我几乎本能地向他靠近，编些显而易见的小谎故意增加和他交谈的机会。他果然也透出大人的游刃有余，毫不扭捏地接受我的仰慕。按照以往的经验，这层淡淡的蠢动会在我们之间像迷魂香一样弥漫徘徊，然后逐渐冷却消散，等到学长一毕业，人去楼空，我就带着对昔日的感怀重新出发。然而，我只看到大人的智慧，却没把大人的企图也计算在内。他认真地对待我的示好，似乎是打算开始妥善地长期经营一段感情。他跟我说大学的志愿，又问我对前路的打算……我心不在焉有一搭没一搭地回应，其实慌乱得喉咙都发紧了。

在那一刻，我才终于明白自己是什么样的人。不管是十年长跑还是扎实的感情，对我来说都不可能。我根本就是躲在“青春期”的壳子下肆意享受着形形色色、不负责任的短暂的爱慕。

事到当下，是无法全身而退了。我不能跟好友坦白，怕被看低，更不敢让妈妈知道，只有硬着头皮顶下来。不再参加社团活动，故意绕开三年级的教室走，不幸遇见学长就随便说上几句逃离现场……狼狈得不行。一生中头一次期待学期快点结束，让学长消失，一切过去。但是当然不会如此简单结束。犀利自如的学长这次没有感知到藏在冷淡后的意图，他锲而不舍地等待着不可能出现的回应。

就这样，我躲躲藏藏的第三个星期，他不打算等下去了——他利用学长的权力从学生会要来了我的联络方式，直接打电话到家里来了！

电话响起的那一秒，我的喉咙就紧得快锁起来了。我故意不去接，等妈妈拿起话筒。听见她礼貌性地问了几句，然后来推开我的房门。我一时情急，拼了命地冲她摆手。她会意过来，说："社团的学长是吗。她刚刚还在的，现在好像出去了。有什么急事吗？我叫她回家后再打电话给你好了。她最近在上补习班，日程都排得很满就是了。"

电话线那边顿了顿。仿佛有一盆冷水迎头淋下的嗞嗞声。

妈妈挂了电话，问我发生什么事。我支支吾吾了一会儿，耳朵热得要熔化。回过神时，我听见自己的声音软软地回答："……我已经拒绝过他几次了，他都不肯放弃。其实他人很好，成绩也不错，还在学生会任职。我也不好意思伤害人家的感情，所以最近连社团都不去了……"到底为什么会说得这么顺，我也不懂，我只清楚地明白了自己就是电视剧里那种最要不得的女人。

妈妈落座一旁，想了一下说："如果他真像你说的那么好，你也喜欢人家的话……妈妈相信你。下次带他来家里玩，给妈看看。我没见过他吧？"

我大惊失色，又连忙摆手："我不要！不，不行！怎么可以这么没原则！"

妈妈露出不知是迷惑还是赞赏的表情，犹豫了一下："嗯。也好。如果他那么认真，你们毕业以后一定还能再碰面的。不过，你也别勉强。这些年，你也很辛苦吧。你要比妈妈坚定、有出息多了。"

误会。完全是误会。是由我一手人为造成的误会。

但，我也只好寡廉鲜耻地收下赞赏了。

回到学校，又碰到学长时，我面露尴尬地解释，说妈妈认为我年纪太小，还是要以学业为主。辜负了他的一片好意我也很难过，但我无法做出让两个人都痛苦的自私的决定。学长沉默半晌，表示既然是家长的决定，他也打算尊重和接受。那之后，他又恢复成那个又风趣幽默，又英俊潇洒，又和我没什么关系的完美的学长了。

经过那次教训，我算是学乖了一些。但是我好像有天生的猎人般的敏锐雷达，怎么关也关不上，只要有好男生经过，就会立刻就拉起警报。我发誓我也不是故意要反复无常，每次喜欢上对方的一瞬，我都非常确定这次一定是真命天子，一定能长跑十年，老夫老妻。只是，一旦发现对方要拆掉我的绝缘片，我就反射性地捍卫生命般的坚决竖起"我们不适配"的标牌。所以，考上大学之前，又发生过两三次类似以上事件的轻度的小插曲。我也如法炮制地闪躲过去了。

也许妈妈所设定的年龄界限不无道理吧？我安慰自己。

也许我从 20.99999 迈向 21 的那千钧一发中，身体就会发生决定性的化学反应吧？

我坚信着。不。应该说是目睹过自己的所作所为，已经无可避免地轻微自厌的我，必须相信奇迹的发生。一定有一个扭转乾坤的契机，能让我变成另外一个人。另外一个更好的人。

然后，21 岁到来了。

奇迹没有发生。

我升上大学三年级，愉快地挥霍着青春的特权……身边的猎物更多了。几年间，我逐渐醒悟过来，与其说我喜欢的是人，不如说是“去喜欢人”这件事。是“喜欢”所带来的无数个可能性。而为了一棵可能性的树而放弃整片树林是毫无快乐可言的。就这样，我无赖地站在黄金年龄之上，继续着青春期的茫然。没带任何人回去给妈妈看过。也许一辈子都会这样。

然而，有一天周末，我放假回家，一进门就听见妈妈喊我的名字。

我慌忙跑过去，见她拿着话筒，说有同学打电话来。一听到名字我就呆住了——那是最近认识的男人。双方在共同朋友的聚会上见过几次面。他在不错的公司上班，稳重得体，处处表现得淡漠，但骨子里好像又有点棱角和原则，让人好奇他纠结起来是什么样。我本来对他很有兴趣，但朋友私下警告我敬而远之。传闻他的几任女友都被他施以暴力，纠缠不清。事后不是庭外和解就是苦无证据。

我半信半疑，但也只好作罢。谁知不久后竟然在健身俱乐部碰见他，交谈之下发现同是会员。既然认识，也就避不开了，一起吃过几次饭。越聊越觉得他不像朋友所说。成熟稳重，又不爱张扬，要说缺点不过是性子闷一点罢了。我窃喜，更想深入交际。结果……一天我去健身房时，一进门就看见他阴沉地站在大厅等我。冷冷地问刚才送我来的人是谁，为什么迟到，去了哪里。这个连告白都没有的男人俨然以男友的身份自居，摆起架子来。当着所有人的面臭着一张脸冷言冷语，好像我是红杏出墙的老婆。还将塑料水瓶捏得嘎嘎响，不晓得是想传达内心的愤怒，还是表演道德优越感和主权。说他有暴力倾向真是丝毫不假。我错愕非常，也有点恼火，当即离开。以后也不再去健身，再次“脱离社团”了。

但是，这次可没那么简单。不久后，我就接到朋友的电话，说那人竟然到处询问我的联络方式。“别担心，我们当然不可能告诉他……但他那种凶猛的质问方式，也差不多到扰民的程度了。你们到底交往到什么程度？我不是跟你说过要离他远一点吗？”我……确实是自己犯贱，惹祸上身。百口莫辩。喉咙又紧了。

原以为只要躲下去就能风平浪静，但是眼下，他很显然是击破层层障碍，直接追问到家里来了。妈妈看我犹豫的眼神，愣了一下，然后好像明白了什么似的，笑眯眯地小声揶揄我：“男朋友？”

我疯狂摆手：“不，不！不是啦！不是！”

她笑：“怕什么！现在你已经是大人啦！还害什么臊！”

误会！完全是误会！根本不是这样。那个人可能是个历任女友都惨遭毒手的变态杀人狂啊！虽然我这种罪孽深重的人也差不多是时候遭到报应了……但还是没办法欣然接受这么痛的报应。如果人的身上真的有喜欢和不喜欢、好人和坏人的开关，我真想立刻替他按下去啊。妈妈，拜托你再把我当成脆弱纯洁的小孩来保护一次就好，拜托你跟他说，你女儿年龄还小，忙着学习，是不婚主义者……不不，你就说，你没有女儿，是他打错了！

我支吾了半天，混乱地说：“不，不是害臊！我，我年纪还小，根本不想交男朋友！跟他说我不在家……不，拜托你，跟他说号码错误。不！就跟他说你没有女儿！”

妈妈古怪地看了我一眼，露出知情者似的笑容。

接着，她拿起话筒，亲切地回答：“她刚刚回来，你等一下啊，我叫她来听电话。”说着，走过来把电话伸向我，温柔地说，“妈知道你乖。不过，到了这个年纪，多交交朋友没什么不好的。记得带回来给妈妈看哦。”

我望着电话听筒，里面仿佛传来一盆冷水迎头淋下的嗞嗞声。

2

腐女的大脑，都是3D打印机呕吐出来的装饰品吧。从前我就对这群男权极盛的产物没什么好感。离婚之后，简直是厌恶到极点。

21岁时，我离婚了。前夫是高中学长。原因是他外遇，对象还是男人。当时的朋友听说后兴奋得双眼冒光，责怪我不够通情达理："干吗愁眉苦脸呢？这么时髦的事，别人想赶也赶不上。要是我一定开心死了。"

"失婚算什么时髦。"我假装听不懂。

"你明知道我的意思。别这么愤世嫉俗嘛。明明是他们牺牲比较大。"

"什么牺牲？他们是为了世界和平才出柜的吗？"

"别冲我发脾气呀。我总算明白了，如果你对人家一直这么凶，我看就算出柜也……也不奇怪。别瞪眼睛啊，我这么说可是为了你好。"

"你这只不过是站着说话不腰疼，幸灾乐祸而已。"

"才不呢。如果发生在我身上，我一定潇洒地恭喜他们有情人终成眷属！"

"别说话了。你的三观已经歪到美洲去了。"

"别怪我说你小肚鸡肠。你应该为伟大的跨越性别的恋爱加油才对啊。"

"哪里跨越了？不是完全没跨出自己的性别吗？"

"哎，你不知道了吧，在古希腊，两个男人之间的感情才叫爱情。男女之间不过是为了繁殖的低级结合。"

"只要不为繁殖就更纯粹？那你变成不孕不育会不会更快找到真爱？"

"说得太过分了吧。你的三观才歪到冰岛去了呢。"

"古希腊那是男权社会，女人的价值才被降低到生育功能。那倒也没什么稀奇。你生在今天，本身又是女人，却自甘堕落成一颗卵子，还谈什么潇洒。如果今天立场对调，是我和女性闺密私奔，绝对不会跳出一批名为'腐男'的群体大力支持，反而社会各界肯定是对我大肆鞭挞堵截。所以可别说我特意针对腐女，说你们是男权产物一点也不为过。这一点，只要看看腐女盛行的国家是不是都沙文主义横行不就立刻明白了吗？算了，你要活在这种设定里也无所谓。祝愿你只要还有子宫，就永远无法找到真爱。这样你满意了吗？"

"你，你这是嫉妒人家找到了真爱！嘴巴这么恶毒，不会幸福的！"

啧，她该不会是要哭了吧。

好好好，是是是，行行行。反正是我自找。

先旨声明，我完全没有歧视任何性向的意思。但是，我也绝对不承认任何一种结合高于另外一种的白痴观念。劈腿，就是劈腿。不管对方劈的是同性异性，是神是怪，是大象还是飞机，都是不忠，是违约，是背信弃义。我凭什么要因为对方出柜，就失去愤怒的权利？鬼才要祝他们终成眷属。如果说那种自己外遇，却还声称是老婆不够称职，给了自己外遇理由的直男癌晚期的老公应该去死的话，那这种一脸假惺惺地遗憾表示“不好意思，你的性别不够称职”的家伙又怎么算？！如果爱真的和性别无关的话，你就为了我把自己掰直试试看啊！连性别都无法接受，那就别发誓“贫富与共，生死不渝”啊！

但是……

但是，这些都只是气话而已。

我会如此生气，完全只是因为我是从生下来就谨小慎微亦步亦趋地活着，对人生留下任何形式的污点都抱持高度恐惧的万恶的处女座。现在可好，我不但成了家族的笑柄和腐女的箭靶，还得为外遇的前夫励志助威。然而，过了最初的抗拒与震怒期，冷静下来之后，我承认，我甚至无法怪他。其实这事，我确实要负一半的责任——明明知道 25 岁之前的人类个个都是脑残，我竟然还放任 20 岁的自己去结婚。事发之后，摊牌之时，我质问对方为什么不早点坦白，非要拉着我陪他走这一遭，搞得天翻地覆才行。他竟然用痛苦的无辜脸面对我，说：“不是有很多人不喜欢吃香菜吗？你喜欢吃香菜吗？”

“哈？！你再拐弯抹角，我要打人了……”

“不不，我是说，你一定是那种，第一次看到香菜就讨厌！说不想吃的小孩吧。但是，我好像是不试过就无法弄懂是不是讨厌的那种小孩。”

“……”

谁理你啊！老大不小还自称是小孩，不觉得丢人吗？然而，事实是，虽然丢人，但他说的话不无道理。还来不及进化成人就急着写字，再怎么逞能也只能画甲骨文，就是这个道理。二十几岁结婚，在大人眼里，大概就像猴子参与火箭发射一样吧？不，不，不能认输！我不承认！这事，社会也得负一半的责任才行。少子化时代，社会本来就是鼓励年轻人交配的，现在电视台不是有排山倒海的相亲节目，都是二十几岁的嘉宾鬼哭狼嚎地寻觅配偶，好像再不交配 DNA 就要干枯成标本了似的吗？

但，这些怨天尤人的牢骚偷着想想也就算了，我可说不出口。人是我自己挑的，路是自己选的，婚是自己要结的，责也得自己负才行。现在的年轻人本来就常被污名化，一身“草莓族”“没担当”“爱抱怨”的标签，牢骚也没人听。年轻人要是把年轻当成借口，那就没立场怪老不死的倚老卖老了。

而且，吃此一堑，我明白了一件事。年轻的好处并不是一切都有机会重来。本来就只能干一次的事，不会因为年轻就开放特例。比如说，我各种证件上“离异”是不可能抹掉的了。买好的戒指、订做的婚纱、发掉的喜帖、请过的酒席（当然也包括收过的礼金）、联名的账户、置办的房产，都不是挥挥衣袖就能消失不见的，而是一生的累赘。而所谓年轻的好处，是一切失误都可以怪父母，怨朋友，气社会。虽然这样做很矬，但年轻人不懂事总比老人不懂事来得可爱一点。

可是，我明白的那件事就是——一旦结了婚，不管多年轻，你都不再是年轻人了。以上特权也会在已婚的那一秒光速离你而去，再不复还。就像毕业的那一秒，“学生特价”就和你永别了一样。因为已婚是“足够独立与成熟到传递人类火种”的标志，还没修炼成功就出关的人都是蠢货。重点就是，在户籍上签字的那一秒之后，你所有的失误，都是你自己不好。

这理论似乎耸人听闻，不可置信，但是稍微举个例子就清晰易懂了。例如，报纸头条登载一则新闻，说某家境富裕的女大学生竟然在超市顺手牵羊，偷走一条不值钱的毛巾。据深度了解，原来最近她父母离异，爱犬病逝，成绩滑坡，研究生班的导师又突然通知她的名额被取代了。精神压力太大，才一时失常。报道到此为止，女大学生似乎还有那么一点情有可原，甚至楚楚可怜。但是，如果报道的最后再加上这句——女大学生的老公去警局保释她出来，并保证好好陪伴和开导她，给予她足够的精神支持肉体鼓励，让她早日恢复健康——观感立刻就天差地别了吧？！然后如果，后面再加上这一句——女大学生五岁的儿子也到现场，温柔地依偎在母亲的肩头，为她加油打气——那么，这位楚楚可怜的女大学生瞬间就变成了人渣。

读者之前的关怀和鼓励会霎时转为唾弃与诅咒。都已经是结过婚，生了小孩的人，竟然承受不住宠物狗死掉？父母亲离婚就精神崩溃？成绩下滑就变小偷？难怪导师会突然变心！肯定是看她不正常！这种学生不要也罢。

没错，只要结婚，你就从年轻人变身为老不死。

现实就是这样。

我已经是不配得到同情的老太婆了。

决定要离婚的时候，哭着鼻子回娘家诉苦，把一切跟妈妈和盘托出，抱怨了个把钟头，本以为就算没有人生指引，至少还能得到心灵安慰。然而她竟然只是边吃爆米花边看电视，晾得我眼泪都干了，面皮绷得死紧。好一会儿，她说：“你放心，‘我早就告诉过你吧’那种话我是不会说的。‘我说什么来着。他来家里的时候我就告诉过你，爱健身、爱煮饭、爱陪老婆买衣服到他那个程度的绝对有问题’那种话，我也绝对不会说的。”

你这不是说了个痛快吗？！我还不都是因为在家里不愉快，才会盲目地青睐肯花时间陪我的外人吗？说到底，这事你也有一半的责任！

但，我已经不配对父母生气了。因为我身边已经没有可以跟他合理抱怨父母的人。一想到平常在娘家遭遇到一点不开心，就能回到有人端着热巧克力耐心听我发牢骚的自己家，我又悲从中来。

然后妈妈精准地打断我的泪腺，说：“幸好新房当时是一次性付款买的。不然离婚以后的房贷真成问题。要是不住了，以后就租出去吧。”

“离婚？你竟然劝我离婚？”

“什么意思？你不想离？不离还能怎么样啊？”

“倒是帮我想想办法啊！”

“这种事有什么办法可想？不然你想要去变性吗？”

“啊。对哦。我……我可以吗？”

“滚出去！没出息！亏我还曾经期待你成为新一代的西蒙娜·德·波伏瓦。早知道还不如生个儿子！”

啊啊，好想顶回去，但她骂得完全没错。我被恐惧和软弱怂恿，刚才那一刻，竟然抛弃了性别的尊严，沦为3D打印机的呕吐物了！

不过，幸好妈妈冷血无情，省去了我肝肠寸断的戏码。没人想看我哭，我就不想哭了。事后的处理也就格外迅捷利落。大概一周左右，我们就划分好各自的财产，搬出共同的公寓，协定一起去递交离婚协议的日期。

那天的天气好得不像话。他穿着我以前送的毛线衫。见我一直盯着看，为难地说：“这件我还挺喜欢的，拜托留给我好不好？”

我本来也没那个打算，要回来了我又穿不了，但听他这么一说，我突然拧了一股劲：“不想还我干吗穿来。这种款式到处都有，你再买就行了。”

“不要。我想要这件。洗了几次，脖子的松紧度才刚刚好呢。”

“关我什么事。我不想知道啦！”

两人气氛诡异地进入户政所，僵硬地办好了手续。走出门，刚要分道扬镳，他突然拉了我一把。我没好气：“又怎么啦？”

“要不要一起喝杯巧克力？”

“哈？！”

“附近就有星巴克……”

“你疯啦！”我最受不了优柔寡断到厚颜无耻的天秤座！因为知道自己干了伤害我的事，于是想用一杯巧克力的邀请来降低罪恶感，如果我答应了，他就能心安理得地认定一切雨过天晴，相安无事，“卑鄙！”

“拜托。就一杯。”

“你到底怎么了。”他从没这么黏人过，“不说的话我要走了。”

“我说……”

“快！”

“我痛定思痛，仔细地考虑过了。我是喜欢香菜的那种小孩……”

“你已经说过了！”

“但是，我也、我也喜欢你。”

国际通用双语版。

阵容豪华现已上市。

一时间不知为何眼前只出现这两排字。好想吐。喉咙紧锁，一个字也吐不出。下一秒，我发现自己转身开始跑。听见他紧追不舍上气不接下气的“等……等等，听我说……听我解释……”

谁理你啊！但是我也不知道该跑到哪里去才好。

如果真的有神的话，求求你告诉我，到底还要跑多久。是不是只要这样再继续跑四年，我的脑袋就能长好？

3

我享年 21 岁。这即将是我人生的最后一年。

那些说年轻人不会死的人，都给我站出来！少拿年轻人的命不当命。

年轻确实有很多便宜可占。惹是生非可以躲回家找妈妈，结了婚可以找老公，不管干了什么都能尽情地怨天尤人，但英年早逝这种事要去怪谁才好？如果要我对年轻人提出什么忠告的话，那就是这句——给我记住，你是会死的。不是很久以后，不是某天，而是今天，现在你就可能会死。上一顿不怎么好吃的泡面，那就是你的最后一顿晚餐；公交车上朋友跟你说“拜拜”你懒得理她，那就是你最后一次对话；爸妈的电话没接到转进语音信箱，一个月后它们会自动清除；给暗恋对象的情书始终没胆寄出去，妈妈会包起来和你一起火化。

但是，以上这些都不算太糟糕。最糟的是这件事——现在这个你，现在这个不怎么样的你，一直幻想着只要慢慢打磨总有一天一定会变成璞玉，但因为懒得付出所以只停留在意淫阶段，所以根本就只是个糟坯的现在的你，就是你的最终形态了。你随便做的事，随性说的话，自作聪明的小举动，自以为是地认为“反正下次做得更好不就行了吗”的小心思，就是你留给世间的最终形态。你竟然无法反驳，因为你已经死了嘛。

我呢，也不是很满意现在的我。

小时候，我一直以为到了神圣的18岁，自己会变得能发光。然而，眼下事实证明，虽然那不过是三年前，我却完全不记得自己干了什么。不是没努力的缘故，而是因为脑袋里的肿瘤，记得的东西会越来越少。

没错，我就是传说中的脑残。

丑话说在前头，要是谁敢嫌癌症的死法太简陋，我就诅咒你以后……不，就今天，现在就得癌症。那些抱怨韩剧里不是车祸就是癌症太无聊的白痴，知道有多少人死在这两样东西上吗？每年全球一百三十万人死于车祸，其中25岁以下的有四十万。八百万人死于癌症，每天两万个。我即将变成这数据之一。敢说我死得无聊，那换你来，看是能死出什么花样。

要说我的遗憾，肯定也不是没有。好在我不记得，肯定能走得安详。更主要的是，自己还没活得足够久到积累出人生遗憾。而那些“多吃点好吃的”“告白就好了”“好想去趟意大利”之类的小情绪，忽略不计也罢。以我之见，所有癌症患者真正的遗憾，都应该是一致的“没能尽早治疗”吧。

我的肿瘤位置很微妙。早期只有记忆力减退，情绪失调，头痛头晕而已。不仅家人，连我自己都认定是青春期症候群加上课业压力。我的成绩不错，在校刊上也有一席之地，写一个小小的问答栏目，主要是面向学生群体的鸡汤文和抖机灵的情感辅导。读者来信就投送到学生会门外的意见箱里。

我大概是一年前收到那封信的。

注明投给我的问答栏目，但里面并没有什么情感问题，而是劈头盖脸地指摘。说我写的东西既没营养又没诚意，完全是在浪费资源。没有署名，我无法回信，也不打算回。他说得没错。我的文采本来就一般，没时间也没心思花在区区一则问答栏目上，进入学生会也只是为了毕业后的简历能漂亮一点……但是，相对的，有谁会认真去读校刊这种可有可无的东西呢。说白了，那就像是小区物业的财务报告一样，起到表示你交的钱确实没有白费的空虚的保证作用。会对这种细节挑刺的人，我敢保证，绝对是从中学起就举手问老师“您昨天不是说会随堂测验吗，怎么忘了呢？”进而被全班排挤的书呆子。

被呆子缠上，我也真是倒霉。

但，人就是犯贱。虽然是令人不快的内容，每次信来了，我还是会看。看久了，不被影响也难。然后更糟的事就来了——信的内容，竟然开始出现表扬，肯定我的努力表现，并期待我之后的精进。啊啊，这个人到底是怎么回事，他不知道夸奖一个 20 岁出头的女孩子简直是要她去死吗？这个年纪的女生，要是被重视的人夸上一句“你最近是不是瘦了，比原先漂亮多了”，她绝对会绝食到成佛给你看。话虽这么说，我可没承认重视他，不过一点好奇罢了。

有那么几次，我特意在能监视到意见箱的长椅上心不在焉地看书。但从没堵截到投寄那只特别的浅绿色信封，工整的字迹写满整页信纸的人。到底是个什么样的人呢？仅凭字迹推测不出，语气也有点中性，严厉时不无礼，亲切时不冒犯，要说是个男生好像过于纤细了，若是女生又嫌太古板。话说，就算真被我知道了真身又能怎么样呢？以这么尴尬的方式相识，要成为朋友也太勉强。我本身是个什么都爱大而化之，而且还稍微有点自我中心，小自恋的射手 B 型，万一对方是什么都爱当真，规矩过头，礼貌生疏又高冷的死摩羯该怎么办？可是，就这么放任，不去揭穿他的身份，又实在不甘心。凭什么只有我一个人被偷窥被评论？呃，对了，就凭我是公共平台的负责人……算了，既然是同校的学生，早晚被我抓到他，我这么想着。到时候，不管对方是什么样的人，说不定都能坦诚地聊上一聊。

然后，我就发病了。在某次监视任务中，晕厥在长椅上，口吐白沫。

关系不错的学妹顶替了我在校刊的位置，直接撤掉了耗费精力的问答，换成群众投稿的心情小散文栏目。学妹答应我，只要看到那封信一定立刻拿来给我。但是，对方就随着问答栏目的消失一起销声匿迹了。

啊啊，作孽啊，这人太不道德了。这不就给我留下遗憾了吗？

学妹说：“要么我们把他的原始信件公开，说明寻找此人不就行了吗？”

“唉，总觉得不太好。虽然我也说不太清楚，这种事也像是有规矩似的。碰到了遇到了抓到了，就赢得光明正大。别的办法，就胜之不武。”

“管他那么多？”

“当然。临死还要被人讨厌，我冤不冤？”

“嗯，不过我有个想法，你听了不要打我。”

“爱卿直言无妨。”

“写信的人，其实，会不会是你自己啊？你在，他就在。现在你走了，他也消失。你堵不到他，因为信都是你自己梦游的时候投递的……”

“拜托别说这么恐怖的事。”

“很恐怖吗？”

“完全抹杀了我的念想，还不恐怖？如果真是这样，我也死得太寂寞了。”

“对，对不起，臣该死……”

“而且，我这是脑肿瘤，只会变成痴呆，不会多重人格。答应我，有时间多看看书好吗！”

这有些盛气凌人，又有些语重心长，还有些自得其乐的指摘还真耳熟。说不定我内心还真的活着一个摩羯。能找到对方的话，也许恰好成为朋友。

不过，他没有再出现。没有太多人知道我的情况，校刊上更不可能公布，像电影里的那种“对方突然出现在医院探望女主角我”的情节也不会出现。在他看来，大概只是常看的刊物撤换了一个栏目而已。而且，意见信写了大半年，怎么也该写腻了，收信人是死是活也不重要。而我白白苦等，情况时好时坏，21岁大关恐怕难以迈过。

学妹说：“管不了那么多，把信印出来悬赏真凶。”

“不要。我就是要追求一种死不瞑目的凄美。”

“啊，我又想到一件恐怖的事，说出来你别打我。”

“朕今天没那个力气。直言无妨。”

“说到死……像是碟仙啊，笔仙之类的，不都是去问过世的人吗？”

“据说是这样。”

“那样看起来，死后知道的事情根本比活着时多得多啦。”

“啊……被你这么一说好像没错。”所以，想知道对方是谁的话，现在就死掉还比较快！根本不会留下遗憾，咽气后第一件事我就要去拜访那人。啊，不过他从来没见过我本人，就算被我拜访，对他来说也不过是普通的闹鬼而已。

但这也挺令人期待的。

太令人期待了，还有点小激动，真想现在就启程。

没错，这就是传说中的赶着去投胎啊。

那就这样。别留我，我还有急事，先走啦。

21

Twenty One

《Lunar Hunter》

陈奕潞

1.

实验室比想象中狭窄，但干净温暖。大部分人都在自己的小桌子前忙碌着。试管培养皿，熟悉的酒精和药品混合的气味。安捷大大咧咧地伸着腿，坐在那里看小说。我走过去的时候她眉毛都没有抬一下，我伸手的时候她稳稳地翻了一页，我把饭盒给她的时候她叹了口气把书签夹好，懒洋洋接过叉烧虾饺，“多谢。”

这时候的安捷还没有像十年之后，学会对自己的桀骜不驯遮遮掩掩。虽说是遮遮掩掩，充其量也不过是上班碰见了打声招呼“你来了”，偶尔街上路过“哟”。大部分时间她都是暴躁焦虑脆弱敏感的。她不再啃手指或撕倒刺，但仍然会花一下午的时间擦干净玻璃鱼缸上指甲盖儿大小的污渍。十年后，她有两所房子，结过婚又离婚，生过一个儿子，曾经说“最讨厌小孩”的她呵护他如珍宝。只是我并没有活到那个时候。我死在这一年，她，我，小 B 都 21 岁。

我拐了个弯，到里间实验室把衣服换掉，把吊高的马尾盘好，换上防护镜。小 B 还在和其他组的男生女生聊天，阵阵笑声传来。他抬起头，眼镜里像是落入日光的深潭一样熠熠发光。

“你的实验结果没有出来。”他一面笑着，一面手插在口袋里，晃荡过来。他看起来永远是开心快乐的，就算你把左手边的圆形烧瓶磕碎在桌子边上，拿着有棱有角的玻璃插到他眼前，他眼睫毛都不会抖一抖。“昨天停电，死了一批细菌。”

我愣了一下然后才反应过来：“那你的呢？你不是和我一起放进去的吗？”

他脸上浮现出很复杂的神色：“该说我运气好吗？……我的幸免于难。”

他把他的培养皿分给我一半：“我的还够用，这些你拿去吧。”

我并不知道我的实验用的培养皿是小 B 扔掉的。他一向是大家最喜欢的小学长，虽然和我一样大，却已经拿到了双学位，而且被保到协和的本硕博八年专业，明年我们还在实验室苦苦挣扎的时候，他就可以潇洒转身离开。

小B把培养皿分给我，细心地在上面粘好标签。他长长的睫毛垂下来，眉和眼像是用蘸过水的小狼毫轻轻描画过。小时候常听人说，美人的眼如云如雾又如烟。长大后明白那不是诗人老眼昏花满口胡话，有些人好看你却看不见他，视线只落在浅表皮毛，里面的钢筋铁骨你触不到一丝一毫。

“所以周末你有空吗？”把实验数值记录好，该测的酸碱度和离子变化都测试好，小B摘了手套，倚靠在安捷右手边的洗手台旁，心不在焉似笑非笑地搭讪。我在一旁刷着试管架，不时地抬眼看他们俩，等着他们重归于好或者爆出更大的八卦。

“没有。”
“可我听说赵老师给你假了。”
“我请假了。”
“回家？”
“去图书馆。”
“哪个图书馆？首图？”
“关你一毛钱闲事吗？”

小B笑了笑，推了推眼镜。安捷甩干手里的空培养皿，把东西叮叮当当扔进柜子里。同样是扎马尾，她总有种俏皮的刺客的感觉，刚刚分完赃，刚刚领完银子，开心，冷血。小B大概是爱她这一点。当然也可能只是爱她花不完的钱。

我那时还习惯把人想得简单。死之后我永远停在大学三年级21岁的所见所闻，看人宁愿相信他们热烈浑浊而又狗血。我也许有机会看清真相，内心变得平衡，眼锋磨得锐利。但他们并没有给我这样的机会。

2.

小时候妈妈讲这世界上有一群人，像是后羿曾经狩猎太阳一样，他们以猎月为生。作为代价，他们看起来比平常人要年轻，皮肤带着幽幽暗光，像是夜色里的月一样冷白。他们也惧怕人群，如果站在人数众多的地方，就会皱缩干瘪渐渐变成老人，衰竭而死。

我妈妈是个写童话写小说的人，写到第十个年头开始有了偏头痛，于是不再动笔，也不能长久阅读，只能每天弄弄花种种菜，和我爸探讨每天给我和我弟的菜谱伙食。我弟弟是个知识渊博弱不经风的小宅男，总梦想着有一天可以成为了不起的侦探。他小学三年级的时候我上大一。我们俩中间隔着的不是代沟而是马六甲海峡。

大学老师问我为什么学医，我说我怕我妈老了得帕金森，我想攻克难关。老师拍了拍我的肩，道："后生可畏。"后来他发现我只是个嘴皮子厉害背书一塌糊涂的笨蛋，塞我进学生会没有帮上他什么忙，反而惹了一堆是非，所以他和其他老师喝酒聚会的时候提起我都是"那个缺心眼的曹小川"。

学生会出两本杂志，一本《五月风》，一本《象牙塔》，两本期刊良性竞争，只是设计师资源稀缺，每次抢人手都厮杀得厉害。所以大一招新，我们两家在社团门口蹲点的状态，跟小混混打劫美女差不多。"同学，杂志看不看？""少年，你喜不喜欢文学创作？""老师，你想在诗歌的海洋中找回自己失落的青春吗？"就是在这样军阀混战四方割据的情况下，我们险些抢了足球队的人，当时也不知道是哪根筋不对了非揪着那个膀大腰圆漆黑如塔的小学弟说："我觉得你内心住着一个细腻而悲伤的男孩。"

小B是那个时候被我们拉来的。其实他是和我们同一届的日文系同学，总是笑眯眯的，人也单薄，一副一推就倒的样子。他来之后杂志有了起色，只是不知道为什么其他人却开始和他渐渐不和，东北的学长不喜欢小B总拿他的口音开玩笑，其他人却很开心。社长喜欢小B，二班的埃塔喜欢小B，然后某个周末他们三个一起加班做杂志，不知道为什么吵了一架，埃塔退了社团，社长不当社长……最后杂志社就剩下了小B、安捷和我三个人。

聚沙成塔。千里之堤，毁于蚁穴。我总是以为小小摩擦不会改变人与人的关系，一点点辜负很容易就被原谅。等到许久之后将心比心才明白，恨比喜欢或原谅什么的正向的感情更容易上瘾。

小 B 第一段恋爱是和比他大很多的某大学老师。第二段恋爱对方是比他性格还要恶劣强势的学长。这些故事我都是听埃塔说的，埃塔在网上搜集关于小 B 的一切，翻出了他的 Facebook，找到了他的 Instagram。也不仅埃塔一个人，年级里很多人都喜欢小 B。大概是因为他们都看过大一新生晚会的那场表演，又或者因为每个月小 B 都会在大教室后面的黑板上画他最擅长的星空水彩。我惦记着如何避免挂科降级，没有一点余力喜欢别人，但偶尔还是会对人的感情感到好奇。是什么让人聚在一起，相同的兴趣？同样的出身背景？相似的思考模式？又或者彼此之间的心理暗示？学校里充斥着学霸、天才、怪胎和普通人，我只是被父亲花钱塞进来的底层学渣，他们都活在和我平行的世界里。而安捷则生活在小小金字塔的顶层。她从来都是穿着拖鞋踢踢踏踏不修边幅地迟到，戴着兜帽坐在最后一排，老师不理她她就全程呼呼大睡，老师叫她的名字她就花三十秒的时间反应一下他在说什么，精准地回答问题之后再睡。有时候教授会故意刁难她，提一些课上根本没讲过或者课本里没有的东西，或者玩语言游戏，只是为了惩戒她。第一次的时候安捷冷笑着摔门出去，老师挂了她这门课。第二年这个老师从学校消失了，于是安捷继续笑傲江湖，任凭你东西南北风。她平时用着柏林少女香水，换季用爱马仕的围巾丝巾，新年晚会就穿着华伦天奴面无表情地领奖状。有女生恨她，偷她的东西砸烂，她把对方拎到天台上，也不知道说了什么，那女生第二天就去办退学手续了。我问她：“你们寝室六个人，你怎么知道是她？”她不看我，噼里啪啦打着游戏：“她最假模假式。”

我在安捷面前总觉得很难过，她像是这个世界在我面前约定俗成的一个大写的无奈，告诉你十八九岁老师在你心中播撒的那些热血的种子，并不值钱。军训的时候，教官罚我们班全班在雨里跑圈，只是因为一个人动作做错了。安捷歪着头站在那里不动：“我凭什么为别人的错挨罚？”教官盯着她的眼睛吼：“就凭你们是一个集体！”安捷翻着白眼脱了迷彩服走回教室，我们都以为她死定了，结果第二天她毫发无伤地在寝室里看书，导员给出的解释是安捷身体不好，不能剧烈运动。你看，我们并不是一个集体，蚂蚁群里有蚁后有工蚁，你向往着人人平等互相帮助，但大自然讲的是等级森严，命中注定。

我妈听我和她说这些，一面掐芸豆一面说："你和她比又不差啥。"她说的是我爸手眼通天，·让我进了重点班。可是首先我高考成绩够，其次，我从来没有惹过麻烦，也没有炫耀我爸是 ×××。如果那样的话，不就和安捷一样了吗，不就和我爸一样了吗？但其实也没有什么差别，没有谁更崇高，只是每个人的选择不同，我只能做我，继续虚伪而又懦弱下去，要怪，就怪从小到大给我洗脑的那些热血的同学和老师。

窗外渐渐霾起来的天空，被橙色的灯映成诡异的红。我身边也有那些固执但又安静聪明的人，他们会讲笑话，会喝酒，有时候有点小坏，趁着辅导员午睡，偷拿他女朋友送给他的板栗吃什么的。但他们考试从不作弊，和强队的球赛上受了伤也要坚持下来，拿不到学分的长跑活动也尽力参加，看见有小偷在街上拿了陌生大妈的钱包，会一路追过去。他们都很安静、柔和，而又带着一点点自嘲，坚守着和这世界不同的那么一点点东西。我不是他们，我只是想成为他们中的一个，无论他们是否贫穷或有钱，英俊好看或相貌平平，说话有没有口音，是男还是女。但是他们并不多。大概是上帝的订单不多，这世界上只有那么几个人又勇敢又光明又有趣。

3.

"但你想在学校念下去，成为你想成为的那群人，你就要好好学习……"安捷把复习卷摔在我脸上，"连基本的单词都背错，还指望不挂科？别闹了好吗！你有没有复习做过题啊，为什么要点一个都不会？"

"……我不喜欢突击……有很多有趣的东西我不想只背提纲……"

"你上手术台的时候也是只切有趣的东西吗？"她把《外科学》摔我脸上，"拿出你那些长篇大论的劲头好好背题好吗？"

尽管安捷我行我素，和我三观不和，但好歹她是个学霸，而且还是愿意搭救我这个落水儿童的好学霸。就冲这一点，我也没什么资格瞧不起人家。何况她还不收我补课费呢。

"我是心疼你妈。"安捷冷笑，"你今年再挂一科就别想毕业了吧？你妈还不得把你们家的那些桌椅板凳鸡毛掸子都打折了啊。手多疼啊。"

"说实话你为啥帮我啊？你不是很忙吗？"

她冷哼了一声不说话。

我想是不是因为孤独呢。一直独来独往的安捷，其实是需要我这么个若有若无的存在的。给她打饭，帮她答到，老师发飙之前叫醒她，提醒她还有一周进入期末复习……她大概觉得我是她养的小仆人或宠物一类的吧？我呢？我只是借着做这些营造出我很强大、秩序、理智、正常……的优越感。我以此来稳定我的存在，好像，我并不是和这个学校格格不入的学渣，而是一个普通人一样。

小 B 笑着看着我们。他像是传说里面的世外高人，安捷像是江湖上独来独往的游侠。高人和游侠吊打我这么个不学无术的平民百姓，我只能忍辱负重，伺机而动。

“所以圣诞节你有时间吗？”小 B 看着我，说。

我像被人暴打了一样抬头看着他，安捷却淡定地拿起茶杯，呷了口茶。

上大三后我妈不再监控我的手机来电，也不会盯着找我玩的同学问是男是女。有时候埃塔来找我她还会有点失望：“没有男生约你哦。我像你这么大的时候后面一卡车的男生追哦。”“说得好像你是有机白菜似的？”“什么意思？”“用卡车运的只有小猪啊妈妈！”“小兔崽子你……”看报纸的父亲大人也抬头看我一眼，于是我便抓起背包逃了。

但的确有的吧。像我这样无聊的人，除了做实验就不会对其他事情感到兴奋，看见埃塔和她男朋友每天在寝室里腻歪也不会觉得烦或者嫉妒或者若有所失，只是偶尔会感到奇怪。人为什么一定要和另一个人在一起呢，圣诞节什么的，为什么会变成两个人的节日呢？而且我也看得出小 B 和安捷在闹别扭，我没有必要蹚这浑水。然而那个瞬间我却鬼使神差地笑了笑，接过了小 B 手里的票，说：“好。”

我的眼角余光看到安捷喝茶的动作僵硬了一秒。

4.

安捷从小到大的一切都和“正常”无关。她和小 B 最初见面的时候，小 B 和安捷 11 岁。他们在大桥上相遇，左右是来来往往的小汽车大货车。小 B

上身穿着毛茸茸的米色大衣，下面却一丝不挂。他光着脚站在大桥上，被撞死的女人躺在他身边，他看着安捷，看着安捷身边的汽车。

安捷的妈妈五分钟之前在大桥上和另一个男人打电话。她声嘶力竭，手臂挥舞，好看的长发和粉色口红在风里像一幅画。然后这个32岁的女人丢掉手机，自己从桥上一跃而下。两个小孩看着这一切，身边的人很多，但并没有人停下来。有汽车开到他们的车旁边狂按喇叭，但很快呼啸而过。安捷问小B："你会不会开车？"他点点头，又摇摇头。安捷叹了口气，又问他："你晕不晕车？"他摇摇头又点点头。

安捷带小B钻进她妈妈的那辆捷豹，扭转钥匙，松开手刹。他们开下长桥的时候，警车擦肩而过。他们花了一个多小时把安捷的妈妈从海里捞上来，但他们没能救活她。

许多年后安捷会想为什么自己当时没有等妈妈。为什么自己没有害怕，到了警察局，也只是平静地和小姨一起认领尸体。他们给她安排了心理医师，医生怀疑她被吓傻了，选择性失忆，创伤后遗症，潜在抑郁。不，她都记得，也都明白，只是并不觉得悲伤。

爸爸很久之前去了澳洲，他老婆是另一个女人。他给安捷的妈妈留了一笔钱，不多，"跟打发要饭的似的"。安捷的妈妈死后他来见过女儿，葬礼上哭得跟演员一样，第二天坐飞机又走了。父亲虽然活得跌宕起伏，却和安捷一样是个乏味的人。两个人在葬礼后，在小山坡后面的湖边静静地坐了一会儿，安捷玩着游戏机，玩了一会儿，她爸爸接过去，输了，又还给她。

父女两个人说话的口气，好像安捷才是家里的那个大人。"你要好好照顾自己，不要太累了。"他留下一点点钱，大概够安捷在加拿大把高中念完。

小B经常来看她。两个人都在家的时候，就玩游戏，《贪吃蛇》《魂斗罗》《怪物猎人》。要么挤在一起看无聊的八卦综艺节目。小B围着安捷妈妈死前戴着的那条羊绒围巾，把它边缘的穗穗编成辫子又拆开。家里只有安捷一个人的时候，她就开唱片机放MS MR乐队或者坂本龙一的歌。

从家里能够看见海。能看见安捷的妈妈跳下去的那座桥。海总是蓝的，回国后，就没有再见过那种颜色的海。但是待过的地方总是有海，像是安捷从来都没有办法从妈妈自杀的阴影里走出来一样。

5.

遇见老赵，安捷 14 岁。在学校被人欺负，逃出两条街，那些男生还在后面追赶。有人踩滑板，有人拿着网球拍。她跳到路边的垃圾车里。他们走远了，没再回来。人欺负人总有很多理由。你争强好胜，对方争强好胜，你看对方不顺眼，对方看你不顺眼，或者也可能只是因为你是班级上唯一一个没有父母的亚裔女孩，监护人是你的书呆子阿姨，你没有钱，每天穿着二手店淘来的脏兮兮的牛仔服，但你能拿到各科的 A+，还比很多男生擅长踢足球。

安捷从垃圾里爬出来，哭，但是不敢碰脸上的伤口。快要到圣诞节了，街上家家户户张灯结彩，对面的咖啡厅正在做买拿铁送圣诞礼物券的活动，可以在圣诞当天换取一份小礼品。她一直在这家店上自习，做作业。但她再也不能去了。她只能穿着背心和短裤，站在街边，假装什么都没有发生。

老赵在那个时候走过来。他打扮成小丑的样子，却是万圣节的小丑，黑色的大衣，上面是白色的骷髅骨骼图案，如果是晚上，看起来应该就是真的骨架了吧。他说他是在扮演南瓜头杰克。他一面表演扔苹果，一面问安捷要不要到他们马戏团来玩。

如果是真正想要帮忙的人，会选择报警或者先带她去医院。但那个瞬间安捷觉得就算是死掉也没有关系，遇到恋童癖或者变态也没有关系。反正她的生活已经糟得不能再糟了。于是她跟着他上了他的摩托车，开了一个钟头才到马戏团。冷风把安捷的手指冻僵了，他把他的圣诞帽借给她，他有着暗红色的头发，和小 B 被水打湿的发尾颜色一模一样。

所谓马戏团，不过是一座废弃的工厂，里面还有十几个和老赵差不多大的年轻人。工厂被漆得很华丽，有很多衣服架子，上面挂着五彩缤纷的戏服，老赵把安捷推到淋浴池，像洗一条狗一样洗掉了她身上的泥巴和血迹，然后丢给她一套兔耳朵连体衫。它很厚，浅粉色的羊羔绒表皮。他们有自己的夹娃娃机和爆米花机，就像是一家小型的戏剧院。老赵把安捷塞到黑色的破烂沙发里，给她一桶爆米花，然后跳上台和其他人一起表演。

那是安捷见过的最好看的马戏团表演。

高中毕业进入预科，安捷在诺丁顿上学，修临床医学。实习的时候老师问她为什么想做医生。安捷说不想看见有人在面前死掉。酒过三巡，他拍着肩膀说安捷“good”，但是“做这行难免一开始 heartbreak（伤心），要 tough（坚强）”。安捷趴在他耳边说“其实我只是为了钱”。

安捷那许久不联系的，她以为已经死了的爸找到她，问她想不想回国。电话那边他听起来虚弱而又悲伤，安捷以为他生病快死了。等见了面看见他意气风发红光满面尤胜当年，聊了两句才明白他那虚弱和悲伤是因为他要和自己已离婚的妻子复婚了。

安捷说我只是回来玩玩。父亲一副“你想我了我知道”的样子。然后又问她要不要参加他们的婚礼。安捷看着他眼睛旁的褶皱想，也许人活得越久，就越会相信善意温柔，相信一切都可以和好原谅，远离年轻时的修罗场。但她还没有从支离破碎的状态修复到完好如初，父亲的话倒是复活了她心中的某个燃点，它隐匿在她和气的笑容下面，锋芒毕露，可惜他并没有看见。

安捷说好啊，那就过年嘛。父亲笑得像个少年。他走之后安捷给小 B 打电话。他和老赵在一起，问她什么时候回来，要不要看周五的那场演出。

安捷说：“Honey，你是愿意为我做任何事的吧？”

小 B 愣了一下说：“What do you mean（你这是什么意思）？”

安捷说：“如果有一天我让你去死你会帮我吗？”

小 B 哈哈笑：“Coco 你是不是疯啦？”

安捷挂了电话。过了半个小时小 B 打过来，听起来很累：“你要我做什么，你说。”

我和小 B 坐在圣诞节游行表演临时提供的南瓜马车上，两个人吃着爆米花，没话说。小 B 慢条斯理地给我讲了他和安捷的童年故事，讲他们为什么会回国，讲安捷是如何在三年里搅黄了她爸的四五次婚礼。如果不是因为他一向给人感觉沉稳踏实，我会以为他成心拿我开涮，毕竟这个剧本的 drama（戏剧效果）程度快赶上《蝙蝠侠》了。

“所以安捷又要你去帮忙搞砸她爸的婚礼？”

“放火……她打算放火。”

我喝了口可乐，大概理解小 B 约我出来的真实原因了。交个电影明星一样漂亮的女朋友，每天活在电影情节里，不是每个人都受得了的。他需要吐槽，一声不响从不八卦的我最适合不过了，而且他也看穿了我的沉默不是因为心机深沉，而是懒。

“待一会儿我去酒吧接她，你一起吗？”

“差不多了？”

“嗯？”

“再不去她该生气了吧。你都计算好了的。”

他笑起来，就是那种“我就知道你不笨”的欣赏的笑。我心里还同情他烂摊子一样的生活，于是并不觉得这笑容嘲讽，也不为自己备胎的身份感到难过。从来没有去过酒吧，所以跟小B挤进酒吧的时候我也挺开心的，看见很多穿得精致。长得又漂亮的年轻人在里面蹦蹦跳跳，喝酒唱歌。安捷在一群人当中甩着她亚麻色的长头发。她真好看，小B在我耳边说：“墙角那个大叔就是老赵。”

他其实并不老，也就30岁出头，漂亮，是那种阴柔而又凌厉的美，带着点出身不好的小孩长大成人后会有的邪气，却因为美，而又显得干净。一众人里看上安捷的很多，我们把安捷往外拉，有几个男的就瞅过来。其中一个拉着安捷的手，对小B摇摇食指。我说：“我朋友酒喝多了，我陪她去厕所。”那人笑：“我也去呀。”然后拉着安捷转身进了旁边的卫生间。我愣了一下，下一秒小B已经冲进去，听见一群女生在里面尖叫，还有骂人和打人的声音，前前后后，一共也不到三十秒。

我看着老赵，他好像是喝多了，视而不见。但我摸出手机报警的时候，他又忽然站在我身边，把我手机拿走：“都是朋友，不要怕，开玩笑罢了。”

他带着一群男生进去，过几分钟又出来，安捷和小B都很狼狈。他把他们丢给我：“打个车走。”厕所里面还有那个男的吵闹的声音，但很快又不响了，变成低声说话。我再看老赵，他在暗光里侧脸笑，倒叫人身上出了一层冷汗。

我看着小B铁青着脸上车，安捷躺在他腿上，他把她推开。开到男生宿舍他甩了门就走，也不知道生气给谁看。后来想想，自尊心受挫，又在两个女生面前，放在谁身上都很难堪。安捷换了我的腿睡，睡了一会儿又像是小动物一样呜呜地哭。我想着今天作业和要翻译的英文报告，觉得圣诞节也就这样了。

6.

一个人可以变得多偏执呢。学校里有个学姐，前男友在东北，有暴力倾向，分手后死缠烂打，追到学校，学姐的现任是个文雅不爱说话的男生，拿了刀，追那东北男的一条街，当街扎死，之后自己卧轨自杀，给学姐留了全部积蓄和一封信，大意是之后照顾不了你了，你要幸福活下去，照顾好自己。学校里说学姐是祸水，我只是觉得人大概年纪小的时候，比较纯粹，像是无杂念的金刚水钻或是琳琅玉石，因为纯粹而强大，而弱小，而激烈，而短寿。年轻不一定纯粹，但纯粹多属于这个年龄的人。活到 80 岁天然无邪执着顽固的人也有，少，世界不容他，或许有人保护他，或者他智力或才能足够强大，让他不必折断或掺杂其他，或许他一生幸运，不被瞩目或在世俗不沾染的某个小角落。但大部分人都是七情六欲私心杂念斑斓缠身。21 岁，刚好是孩子形骸脱干净，有了成人资格，可以在世界上行走纵横的时候，男孩女孩都像是开过刃的金属，纯粹而又耀目。所以善意和恶意看起来都是简单、坚固、漂亮而又让人忌惮的。即便你知道他是错的，你也明白短时间内你赢不了他。他们恰逢命运垂怜，是上天的宠儿。

安捷和他们都不一样。她的偏执和她妈一脉相承。只是这份偏执因为她的美貌而变成她身上一个让人过目不忘的记号，成了她的装点，即便一切恶和恨意都带着扭曲的微弱光芒，不被人理解赞同，小 B 却还是爱着她。这大概是诅咒之类的东西，因为大人们给的黑暗太多，即便成年破茧，身上有漂亮翅膀，他们也没有办法离开那些阴暗的，拉他们下坠的东西。有些人能做到，凤毛麟角。当然这些都是文艺的说法。其实我想说你们俩怎么就这么爱作死呢，偏偏天天这么作死胡闹，学习成绩还是比我好，烦不烦。

第二天晚些时候接了个电话。那人开口“是我”，声音低沉，含着笑。你看，这帮人都这一套，凑一起干脆拍古惑仔电影得了。

“老赵啊？”我一面把试管刷插回架子一面配合他，他很欣喜：“不错嘛。晚上有没有空？一起吃个饭。”我看了一眼安捷的座位，“安捷请病假了，没来。”他一本正经：“不带她，单请你。”我看了看我那又死了一半细菌的培养皿，觉得生无可恋：“好啊，哪儿呢？”

他们都说和我聊天很累，因为我不爱说话。但每个人都有只想说、不想听的时候，所以我从来不缺饭友。学校老师同学学长学姐，补课班的小学妹，上网认识的二次元同好，还有在漫展碰到的外国友人。最后他们都会搂着我的肩膀说：“能和你一起出来吃饭真是太好了。”

有时候我也不懂，因为明明有了互联网之后，人们有了更多选择，博客微博知乎微信陌陌，你想做一个无牵无挂的陌生 ID，随时都可以，随时都有人陪你聊。但大概有些事对陌生人也没办法说，大概只有看见活人才会产生某种踏实的安全感。但老赵又和他们不一样。

他带我去了很贵的餐厅，叫了他们家最贵的菜。餐厅不让吸烟，他夹着一支蓝的万宝路，不吃菜只喝酒，看着我。那种刺客看猎物的看法，让人很不舒服。我说你有事直说啊。他不说，说：“吃菜。”连着三遍，我吃完了，叫了瓶酒，很烈，倒在杯子里，和他碰杯。他眼睛一亮，我一饮而尽，然后开始讲我的故事。

我的家人口简单，家庭和睦，邻里亲戚都世俗，守法，不唠叨。我爸是个小官，我妈是个小作家，我数学不好像我妈，文科不好像我爸，长相也集中了两个人的缺点，但是唯一优点像我外公——能喝酒。

过年家里大人们总是要推杯碰盏，我爸肝不好，总硬撑着配合。我高中那会儿就看不下去一帮老头子作死，替我爸敬酒，敬到后来过年过节，他们都不怎么敢提喝酒这件事，安安分分吃肉，喝大麦茶。我妈从来不认为这是什么光彩的事，一个女孩子从小是个酒鬼，说出去更嫁不掉了。但我外公却说这是谪仙风范，提王勃，提李白，提岳飞，提杨子荣，越说越歪，好像会喝酒的都是英雄才子俊臣忠烈，家里有个能喝酒的孩子比出两个博士更荣耀一样。我一面讲，老赵一面笑，不自觉也喝了很多。我察言观色，又给他讲我妈写的那个月亮狩猎者的故事。讲到后来他眼神幽深黑暗，我觉得时机已到，就问他到底为什么找我来。

他说他其实和安捷是亲戚。“兄妹。”他一饮而尽，“她爸和她妈也是二婚。再往前是和我妈。现在他要复婚的那一位，是我妈。”

我心里呼啦啦跑过一群洁白的羊驼，但很快又风吹草低变小羊了。毕竟看过“我全家上了你全家”这样的帖子之后，对这个满是奇葩的世界我们都多了几分包容。老赵却很忧郁：“她想做的那些事，都是我小时候想对她和她妈做的。她妈死了，你知道，小时候我一直觉得是因为我。”

他说，安捷妈妈临死前那么暴躁，是因为他调换了她平时用的抗抑郁药。他说他们马戏团只是幌子，其实一群人偷抢贩毒都做过，翻墙撬门登堂入室调换个药丸不过是小菜一碟。那时候年纪小，又在国外，控制不住自己。

我心惊肉跳地琢磨老赵如果真的做了那些事，算不算是谋杀？少年犯？如果安捷知道了呢？老赵小时候就敢做这个，现在保不齐也干过更吓人的。我在和杀人犯聊天吃饭？

老赵却没有留意我脸上的表情变化。他很苦恼，觉得安捷在走她的老路。而且他多少还有点喜欢安捷，那种说不明白的喜欢，带着愧疚和负罪感，还有亲情，一团乱。他一面说一面抓头发，长头发衬托着人很柔弱，但也显得可悲，那种不知道自己糟糕而让人觉得更甚的可悲。但我没有意识到这貌似柔弱的可悲下面的危险。

“小B说安捷会跑到婚礼上放火。阻止倒是容易，之后呢？”他在服务员第三次过来的时候，掐灭了烟头，看我，“你说，我要不要把她关起来呢？”

他是真心咨询，一点不是在吓唬我。

7.

看《银河英雄传说》的时候总是心疼杨威利，也觉得他应该是活到很老很老一把年纪，几代同堂的那种笑嘻嘻会讲冷笑话的老人家。虽然自己没有想过未来，却也觉得自己大概能活到 80 岁吧，多看看科技进步，机器人啊太空旅行啊外星人什么的，想想还是有点小期待的，结果我在 21 岁就死了，大概这是连我那个写幻想小说的妈也没有想到过的吧。

马戏团有钻火圈、空中飞人、大变活人、小丑踩球、驯兽……一大堆表演。还有著名的生死逃脱，就是那种把一个人用手铐铐上，扔在水缸里那种。我被老赵捆成粽子，丢进三米深的水缸里的时候，我也没觉得我会死。我觉得这是场很夸张的电影故事，我是一个炮灰，演完这一场我就该走了。我也觉得大概是我酒还没有醒，不然为什么老赵一面笑一面哭一面说对不起呢。但事实真相是我没有醉，老赵大概也没有，只是人都会有自己无法掌控的那一面，他们通常称之为潜意识，我们都是被自己的潜意识害死的，轻信和偏执，在我和老赵的身体里根深蒂固，这是我们每个人的角色设定，不是某一个作者给的，而是名为童年的时光机塑造的结果。

我在做实验特别烦躁或者作业报告写不出来的时候，就跑去翻落落的微博。她是我从初中就特别喜欢的一个作者，写了很多本书，长头发高个子，和小 B 一样干干净净的白皮肤，拍过一部电影，我还在等她把《如果声音不记得》拍成电影，可惜我没有等到。我说落落，是因为每次我烦躁得要死的时候就会跑到她微博下面翻照片，看巴顿，看她的冰岛，更古早的，看她的樱花和日本。我想我枯燥乏味每天和实验室浸淫对抗的身体之外，还有另一个身体和灵魂，它们在空中飘荡，“啦啦啦啦”地无所依傍，但也向往着所有那些冰天雪地花瓣纷飞的纯粹和美好。这种向往和老赵对安捷的执拗大概很像，所以我理解他，但理解和原谅不能等同。

老赵给安捷的爸爸打了个电话，让他拿钱来赎她。又给小 B 打了个电话，同样内容。他全程开着变音软件，冷静周全，挂了电话却又开始哭。他把安捷绑在马戏团的那个大变活人的炮的上面，设了个小机关。大概是我能在水里憋多长时间，那炸弹就能晚多长时间爆炸。他一面拿着线路板给我讲解 linux 系统 python 程序，一面把水龙头和黑色的小机器连接起来，看起来优雅聪明，认真博学。他很纠结，他不想杀安捷，也不想杀我，但他其实已经不知道自己想要什么。大概人得不到什么就想把它全部都毁了，本来出于守护的目的，最后也会变成破坏的狂热，绷太紧的某根弦“嘣”地就断了，何况之前它上面还有一个隐隐约约的豁口呢。只是自始至终我不明白为什么泡在水箱里的人是我。

“别傻了。”他说，“在酒吧那会儿我就看出来了。你和我是一样的不是吗？”

他看看安捷，又看看我，笑了。

我看着他盖上玻璃门，挥手。蓝色的水流涌入水箱，其实它们并没有颜色，只是脚下的灯光。就像人和人之间的情感并没有什么差别，只是心脏投照的颜色不同。老赵太用力了，他的感情那么深重那么多，斑斓得像是游戏里锻造魔导师手杖的彩色熔炉。其实只要稍微熄火就好了，就像我。有件事他说得没错，我和他都一样，一样什么呢？喜欢安捷？说白了，只不过是对比自己更加生动鲜活耀眼的生命的敬畏羡慕和保护欲罢了，太用力就变成了占有，占有不好，你喜欢太阳，但你不可能将太阳抱在怀里，你喜欢的是蜡烛也不行。太强大太美好或者太柔弱太渺小的东西都不适合爱，因为爱会将我们自身或我们所爱的东西毁坏。老赵不明白这一点，但我已经没办法告诉他这些了。

我被扔在水箱里的时候，安捷的爸爸在高速公路上拼命超车，按喇叭，超车。这个已经快 60 岁的男人看起来神采飞扬，像个少年。很多人遇到绝境会变得沧桑狼狈，失魂落魄，他们不是弱者，只是有弱点的普通人。安捷的爸爸不是普通人，他是那种适合战争年代或者舞台生活的人，挑战机遇死死活活，这种东西不过会让他们更加兴奋，觉得自己的生命真实鲜活。他们是那种擅长绝境逢生的人。

但小 B 就不行了。他还在报警还是不报警之间纠结。他站在人潮涌动的地铁口，像个随时可能哇哇大哭的找不到家人的小孩。按照精准的时间计算，他现在打电话，警察出警应该还来得及救安捷和我，但如果他错过这班地铁，他也许就没有机会亲手救安捷和我。报警的话，老赵会下杀手吗？他会知道吗？他不会吗？这一切会不会只是个玩笑呢？

他会这样，不完全是他的错。十年之后他会变成一个杀伐果断的男人，做事精准而又无情，他再也不会有救不了的人，不单单是因为他不再会随随便便把自己的感情寄托在别人身上，也因为他吃一堑长一智，学会了逼迫自己，变得异常强大和聪明。如果不想失去最重要的人，就变强吧。虽然后来他还是逃离了安捷，没有和她在一起，因为他始终认为自己辜负了她，实际上，他已经变得比我们当中大部分人都要伟大了不起了。他犯错是因为他还是个没有完全蜕变的孩子，他的伤口还没有愈合，他还没有从束手束脚的庸人茧壳里脱颖而出。他还没有意识到自己不能待在常人的规则之中，他只会被它们杀死。但他很快就会觉悟了。

这些都是好久之后我才知道的。水漫过我鼻子的前一秒，我深吸了一口气。远远的，安捷还没醒。那时候我脑子里只有一个念头：要努力坚持得久一些才行。

8.

我妈妈给我讲月亮狩猎者的故事。她喜欢把自己代入故事里面讲，说她小的时候，上初中的时候，遇到过一个男孩子，他们两个一起参加外滩的跨年活动，结果那年发生了踩踏事件，我妈妈被人群推挤到深处，不能呼吸，那男孩一直拉着她的手。他微笑着，把她圈在安全的支架下面，自己却被人流渐渐冲走。他们在聋哑学校的义工活动上认识，其实他并不会说话，也听不见身边的人绝望的叫喊声。

妈妈说：“月亮狩猎者不能在人群中生活。他们碰到人，就会像老人那样枯萎，然后凋亡。”她坚持说那个男孩在人群中渐渐变成了老人模样，然后消失了。我知道这是惊恐之中的幻觉，可是因为她是我妈妈，所以我宁愿相信她的话。

然后讲完这个故事的妈妈说："你知道吗？妈妈希望你将来有一天，也会遇到一个这样的 Lunar Hunter（月亮狩猎者）。倒不是希望你们两个也碰到这种事，只是希望有一天，能有一个人像那个男孩保护我一样保护你。"

我明白了我妈妈的话。她是希望未来能给我一位骑士。Lunar Hunter，对于她来说，就是白马王子，就是万中无一的守护神，就是她能想到的，这个世界最安全最伟大、最美好的爱。

"虽然我不希望你们遇到这样的事。"她一面低头改着稿子，一面说。

我没有遇到我的骑士我的王子我的月亮狩猎者，但是我一直坚持到了安捷被人解救下来。他们说我憋气的时间创造了世界纪录，但因为大脑缺氧，我被救出来之后还是因为脑死亡死掉了。

老赵没有被人找到。安捷的爸爸和小 B 陪着安捷，埃塔和安捷在哭我。我站在房间上空看着所有人，觉得像是一不小心抢了电影主角风头的女二号，压力山大。

那个男孩子站在门口看着我，他和妈妈描述的样子差不多，不会说话，微笑，招手的动作像是甜品店门口的招财猫。他看起来比我弟弟还要小，完全是个孩子的样子。

"所以为什么你觉得一定会有这样的人存在呢。"那一年妈妈讲完月亮狩猎者的故事之后，我问过她。

她愣了一下，然后大概只有五岁的我，一面玩着她的睡衣衣角，一面自问自答道："因为他们的存在对我们很重要吧。"

我没有遇到我的骑士我的王子我的月亮狩猎者，我没有来得及谈一场认真完整的恋爱，我的漫长的二十一年里只有课本、实验和报告以及大家给我吐槽的烦心事。大概没有人比我的短暂人生更加苍白无聊，但是保护别人这样的事，我也做到了。有很多很多值得我保护的人，并非因为他们比我更优秀更美好，所以我就要舍弃自己的一切去换他们的微笑。只是因为希望，只是因为希望罢了。就像那天晚上在外滩，你看见的一切并不全部是幻觉，能够在那个瞬间看见那个男孩变老的样子，是因为你希望他活到很老很老吧，妈妈。

21

Twenty One

《千安万里》

李茜

1.

7月，千安第一天去实习的公司上班。昨晚没怎么睡好，闹钟响的时候，意识里像被扔了枚哑炮，欲炸不炸，没来由地惴惴不安。千安挣扎着爬起来，洗漱，吹头，化妆。千安的化妆技术是跟精于打扮的舍友学的，但还不熟练。她平日在学校里总是睡过头，胡乱抓一件帽衫，脑袋上扣一顶棒球帽，趿拉着帆布鞋就跑去教室。千安对着镜子，手里拿着眼线笔，颤颤巍巍地伸向眼睛，刚画两笔，笔芯轻轻触到眼睛，泪水顿时涌上来。千安泪眼汪汪地去换衣服，白色衬衫、黑色及膝裙，不出彩，也不出错。

清晨的校园里是拖着行李箱陆陆续续正在离开的学生，又一年的暑假到来了。

千安随着人群往校门外走，正式的着装混在学生群中有些突兀。千安感到四周隐隐投来的视线，男生女生的都有，男生的目光更直接一些。千安不习惯被人打量，略略有些畏缩，避无可避，心里蓦地又生出一丝傲气，挺直肩背，目不斜视地穿越人群。

乘地铁，到了换乘站，乌泱泱的学生下了车，拥上来一批上班族，千安被挤在中间，没来由地松了口气。

公司在城市的另一边，林立高楼当中的一幢。千安抬头看看似乎高耸入云的大厦，觉得这一幕似曾相识，仿佛某部电影里的女主角也曾这样仰望过即将去工作的地方，然后她在里面遇到了改变一生的人……千安笑着摇摇头。

千安跟随人群进入电梯，来到公司所在楼层。这是一家进出口贸易公司，环境朴实低调。人事带着千安去她实习的部门，一个二十六七岁样子、英文名是 Anne 的女人负责带她熟悉情况、分派工作。第一天她要做的，无非是熟悉使用打印机，学习各种文件格式一类的杂事。当然更要紧的，是被 Anne 介绍给同部门的人。

“天哪，20 岁，真年轻啊。”——被说得最多的，是这句话。

千安有些拘谨地应对着，她并没有自己很年轻这样的意识。毕竟，对于她而言，中学入学之类的画面都还历历在目，和那时的自己相比，年龄开端的数字已经从“1”跳成了“2”，不可能反而觉得自己年轻。

不知不觉到了中午，千安去卫生间，照镜子时才发现眼线已经有点脱妆，眼睛下面隐隐黑了一圈。千安莫名觉得狼狈，忙不迭地掏出随身的化妆包补眼线，结果手不稳又戳到眼睛，疼得她忍不住叫了一声，眼泪再度涌上来。千安没来由恼恨，为什么上班就一定要化妆呢，麻烦，真麻烦。

千安捂着眼睛往外走，突然和迎面走来的人撞到一起，她高跟鞋一晃站不稳向一旁摔去，和她相撞的对方连忙伸出一双手扶住她肩膀。千安惊魂未定，眼中泪水未退，眼泪汪汪地抬起头看对方，是一个相貌清秀的男生。

“谢谢……啊，对不起……”千安一时无措。

“你没事吧？”男生温和地问。

低沉的磁性的声音，千安意识到，眼前这个人已经不属于“男生”这个词所概括的范围。

“没事，没事，对不起撞到你。”千安低头道歉。

男人忽地笑起来：“我不是说这个，是你。”他用手指指千安的眼睛，“你没事吧？”

“嗯？”千安不解，用手一摸脸，才发觉眼泪不知什么时候流了下来，顿时更觉得狼狈，慌忙抹去，“没事没事，是刚才补妆的时候戳到了……”话未说完，千安顿住，尴尬不已。

男人仿佛对千安的无措视而不见：“那就好。”说完，他折身往电梯走去。

千安看着男人的背影，心中有些许感激，但很快被铺天盖地的自我警醒所覆盖。

Anne 带千安去公司楼下的餐厅吃午饭，说新人来的第一顿由她请客。千安惶恐，低眉顺眼地连声感谢。

一家速食西餐厅，顾客都是附近办公楼里的白领。Anne 进去一路和同公司的好几个同事打招呼，服务生也像是很熟悉她，连声招呼：“Anne，来啦。”Anne 将菜单递给千安，自己看也不用看就报出一个沙拉菜名，不要沙拉酱，外加一杯柠檬水。千安斟酌着点了一份意大利面、一杯橙汁。

“过来这边很远吧？”Anne 有一搭没一搭地问。

“嗯，坐地铁一个小时吧。”

“哦对，你们已经放暑假了吧？”

“嗯，今天刚放。”

“真幸福啊，还有暑假。”Anne放松地靠在椅背上，“你还不趁着有暑假的时候好好去玩，跑来实习干什么，等你毕了业，有的是上不完的班，可暑假啊，再也没有。”

千安轻轻笑了笑：“可是我们老师都吓唬我们说，没有实习经验的话，毕业了连工作都找不到了。”

Anne哈哈大笑起来：“屁啦，老师这种有寒暑假的职业怎么懂我们上班族的苦。”

她爽朗的笑声甚至引得四周的客人投来视线，与办公室里她不苟言笑的样子截然相反，千安有些吃惊，但对于眼前的女人确然生出了几分亲近。

“还没进店呢就听见你那笑声。”

千安身后一个男声出来，她心里莫名一动，似曾相识的声音。那个人停在她椅子旁，她顺着他的袖子往上看，是他。

“怎么就你一个人？你们组的呢？”Anne笑嘻嘻的样子。

“唉，那些工作狂，还在跟客户打电话，让我吃完随便给他们打包点什么回去就行了。”男人苦笑，右手无意识地扶在千安坐的椅背上。千安的眼角余光扫过，是骨节分明的手，但又不至于到粗犷厚实。

“这位是？”

千安连忙收回视线。

Anne拍了下手：“哎哟，看我，忘了介绍，我们组今天刚进的实习生，千安小妹妹。”

千安拘谨地站起来，小心地看向男人：“……您好。”

Anne：“他是市场部的，万里。”

千安看到万里的眼中渗出一丝若有似无的促狭笑意：“你好，看来我们俩很有缘嘛。”

千安脸微微一红。

“怎么的就有缘了？”Anne不解。

千安正想着要怎么解释，万里却已出声：“你看，她是千，我是万，是不是有缘？”

Anne翻了个白眼：“哈，哈，真好笑呢。”

万里从隔壁空桌拖过一张椅子，自顾自坐下：“不知道公司里有没有姓百的，最好再有个姓亿的，就能搞个组合出道了。”

Anne 忍不住再次大笑出声：“‘百千万亿’，感觉是个特别有钱的组合。”

千安见万里并没有讲刚才两人撞见的意思，而是把这作为第一次见面，松了口气，也跟着低声笑起来。

服务生送来 Anne 和千安点的菜，Anne 吃了两片没有任何调料的菜叶，看着千安的意面和果汁，又瞄了一眼千安的身材，叹口气：“年轻人真好啊，可以放开了吃。哪像我，吃草都得数着数。”

千安有点不知道怎么接话，这已经是她约束了胃口点的，若不是别人请客，她定然会再叫一份鸡翅或者一份蛋糕。她只能谨慎地露出微笑。

万里出声：“照你这比法，那我的食量是没法见人了。”他说完，模仿猪的声音哼唧了两声。

Anne 笑着拍了一下万里：“别闹，小孩子面前没个正经。”

千安依然插不上话，只能维持着安静微笑的样子，心里感谢万里替自己解围，悄悄看他，他却没看自己，专心吃饭。也许他只是习惯了和 Anne 开玩笑，就像刚才装作第一次见面，也许只是懒得解释来龙去脉吧。千安想着，用叉子卷起一束意面，一口吃下。

饭间只有 Anne 和万里不时交谈，聊的也是业务上的事，千安听得一知半解，只作为一个无声的背景存在。临近吃完，Anne 喝了一口柠檬水，被酸得皱眉，随口问：“对了，千安，你有没有英文名？”

“嗯？”千安正在喝最后剩下的果汁，连忙放下杯子。

“我们工作上都是用英文名，你以前有吗？”

千安刚想回答“有”，突然想到自己的英文名是“Ann”，是中学时候英文老师根据她的名字“安”取的。可是“Ann”和“Anne”，与自己的上司名字近似，是不是不太好？千安紧急改口：“呃……没有。”

“这样啊，那你想一个吧，不过常见的名字公司里都有人叫了，叫什么好呢？”Anne 思索。

“Cheer。”

Anne 和千安同时看向万里。

“Cheer，C-H-E-E-R。她不是叫千安吗，连起来念就是‘Cheer’啊。”万里微笑。

Anne 恍然大悟："Cheer，千安，真不错！你喜欢吗？"

千安连忙点头："喜欢。"

万里笑着看了千安一眼，扬手示意埋单。

"他真的很会起英文名，他的英文名是 Mann，很好记吧。"Anne 一边和千安说着，一边掏出钱包，"我们这边也埋单。"

万里扬起的那只手顺势将 Anne 的钱包挡了回去："一起。"

"别别别，昨天就是你请的。"

"我请 Cheer 行了吧，你算顺带的。"万里又露出促狭的笑意。

"靠，万里，刚来的小妹妹你就不放过。"Anne 回嘴，但没有再坚持，"好，我就当沾我们 Cheer 的光了。"

千安不习惯他们用自己打趣，只能局促地说："谢，谢谢……"

万里坦然地对着千安笑了笑，然后说："你们先回去吧，我还要给我们组那些懒人带吃的。"

"嗯，那我们走咯。"

千安跟着 Anne 离开餐厅，路上两人没怎么说话。在电梯里，千安低头掏出手机，将微信名字的"Ann"改成了"Cheer"。

回到学校已是晚上八点，寝室里的舍友都已离校回家，千安头一次一个人住宿舍。她翻出一包泡面正要撕开，突然想起白天 Anne 的话，一下子有点下不去手，换了只苹果咬下一口。

习惯了闹哄哄的四人宿舍，乍起的安静让千安有些无所适从。她本想打开电脑随便放一集电视剧制造些动静，想了想，叹口气，拿出笔记本，把今天实习 Anne 交代的种种事项都记在本子上。

手机响，是罗家祁打来的。电话一接通，那边就是男孩咋咋呼呼的声音："千安千安，你吃饭了没？"

千安有点好笑，故意拧着声音说："你在哪儿？"

那边却丝毫没注意到她语气的区别，依然是欢天喜地的做派："你猜我在哪儿？你听。"

手机那边传来海浪声。

千安吃惊："你又去潜水了？"

“嘿嘿，我在帕劳。”

“啊？”千安更加吃惊，“今天刚放假……”

“我早就准备着了！”

千安听着，没来由地觉得有距离感，低声回了句：“哦。”

罗家祁注意到她的情绪：“怎么了？你怪我没提前告诉你啊？”

“没有，就是累了，今天实习第一天。”千安淡淡地说。

“实习什么感觉？都认识谁了？做了些啥？都给我讲讲。”罗家祁又热络起来。

千安却觉得复述一遍很麻烦，便敷衍过去：“也没什么，就那样。”

“哦……那，对了，你微信名字怎么换了，那不是你的英文名吗？”

千安愣了一下，说：“跟公司里的人重了，就换了一个。”

“Cheer，真不错，跟你名字很相近。”

“嗯，别人帮起的。”

“谁？”

“……就一个同事。”

“哦。”

两人都沉默下来，手机只剩海浪声。

“我明天还要早起，先挂了，bye bye。”千安平静地说。

“……Bye。”罗家祁说。

2.

8月，千安已然适应了“上班”这件事，实习的工作由最初的端茶递水，逐渐有了实质性的内容，和公司前辈们也熟悉起来。说是“前辈”，一些人也不过大她三四岁，有两三个年轻的男孩，似乎对她更多些关注。有人时不时也会用这件事打趣她，让她不妨考虑考虑，千安只是笑笑，没有放在心上。

市场部接了几个大项目，几乎等同于公司大半年的业绩，所有人都同打了鸡血一般，铆足劲全力以赴。人手不足，其他部门的人员也被临时调配去帮忙，千安也在其中。负责的事务倒不难，只是核对数据、文件，但数量巨大，项目繁杂，千安也体会到了连续加班的滋味。

那天，千安一直加班到八点，总算将手上的工作完成，公司同事也走得七七八八。千安饥肠辘辘，赶紧收拾东西离开，经过市场部办公室的时候，听到万里的声音，似乎是在和客户打电话。千安下意识往办公室门内看了一眼，看到里面只剩万里一个人，肩膀和脑袋夹着手机，站在传真机前，手忙脚乱的样子，传真机似乎出了问题，万里急得连拍了两下机器。

千安敲了敲门，万里转头看见是她，她径直走到传真机前面。刚来公司的时候，有半个月时间她做的都是打印、复印、收发传真的杂活，对公司里每一台机器的脾气都熟悉得很。千安三下五除二重新设定好机器，传真机缓缓吐出纸张，千安满意地看着在自己手中运转顺利的机器，没有注意到旁边万里看向自己的眼神。

千安将传真交给万里，万里看着数据，总算和电话那头的客户暂时达成协议。挂了电话，万里连声说："谢谢，谢谢救了我一命，Cheer。"

千安笑："小事啦，哪有这么夸张。"

"你不知道，刚才我都急得想砸机器了。"万里揉了揉头发。

千安这才注意到万里很疲惫的样子，头发七翘八翘，眼睛里有血丝，衬衫也皱巴巴，完全不像平日从容不迫的样子。千安几乎是不受控制地脱口而出："有什么我能帮忙的吗？"说完这句话，她自己都愣住了。

万里也很意外的样子，但只沉默了短短两秒，就很自然地点头："那麻烦你了，还有一些数据需要核对。"

千安接过一摞文件，放下手提包，坐在万里旁边空着的位置上，开始认真核对起来。时不时那阵饥饿感会传来，千安大口喝着热水，心想就当减肥。

等到全部核对完毕，千安看了眼手机，已经十点了。千安将文件交给万里，准备告辞，万里突然关了电脑，拿上外套："你还没吃饭吧，真麻烦你了，让你加班这么晚，走，我请你吃饭。"

千安顿了顿，看着万里，点点头。

走到外面才发现，公司附近的餐厅都打烊了，好不容易找到一家卖馄饨的小店还开着门。馆子里只剩他们两人，老板娘煮好馄饨端上，就进里屋看电视去了。千安和万里面对面坐在狭小的馆子里，沉默地吃着味道很一般的馄饨，店里养的黄猫在桌子下气定神闲地穿行，尾巴时不时地蹭到千安光滑的小腿，痒痒的。

吃完出来，万里抱歉地说：“都没能请你吃顿好的，真对不起啊。”

“没事啦。”千安笑笑，指指地铁站的方向，“那我去坐地铁了。”

“这么晚了，我开车送你回去吧。”万里说。

千安微微有些吃惊，但马上掩饰过去：“不用了，我学校离这儿很远的，开车过去太花时间了。”

万里犹豫了一下，说：“那好吧，你路上小心，回到学校跟我说一声——”他忽然停住，不好意思地抓抓头发，“啊，我好像还没有你的微信……”

千安拿出手机，和万里互加了微信。万里的微信名是 Mann，和她一样都是公司里用的英文名。

两人告别，千安往地铁站走，看看时间，已经接近十一点。千安这才想起地铁站是十一点关闭，不由得跑起来。等她赶到地铁站，果然错过了末班车，看着缓缓降下的地铁站闸门，千安费力地喘着气。只能叫出租车了，千安估算了一下从这里打车回到学校的费用，大概等同于一天的实习工资了吧。千安无奈地叹口气，转身往路边走。

路边停着一辆黑色车子，千安走过去的时候，那辆车响了喇叭。千安没在意，继续在路边张望等出租车，那辆车又按响喇叭。千安疑惑地看过去，车内灯亮起，万里坐在驾驶座上，冲千安摇摇手。

千安吃惊，走过去。万里从里面打开副驾驶座的门，千安站在车外，依然是惊奇的样子：“你怎么……”

“我怕你赶不上地铁，就过来看看。”万里轻描淡写地说。

千安怔了怔，微微低头：“谢谢……”

千安坐上车，万里显然是很疲惫但强撑精神的样子，千安不敢多讲话，默默看着前方。只有万里时不时问她的时候，她才回答。万里打开车载音乐，是英文歌，略略沙哑的女声和低沉的男声，时而独唱，时而和声，像两条蛇盘旋着最终拧在一起，千安的心似乎也跟着歌声拧搅起来。

万里将千安送到宿舍楼下，千安打开车门，他也下了车。

万里抬头看着夜色中的宿舍楼：“真怀念，大学毕业以后就没看过学校的样子了。”

千安正想说什么，不远处突然传来声音：“千安！”

千安和万里同时回头，看着宿舍外角落里走来的人，高高瘦瘦的身影，是罗家祁。

千安愣住："你……你怎么就回学校了？"

"我提前回来了啊，还说今天给你个惊喜，结果等得都要在地上睡过去了。"罗家祁一脸委屈样。

千安一时不知该怎么接话。

万里忽然出声："那我先走了，你休息吧，今天辛苦你了。"

"好……好的。"千安没来由地慌张起来，强作镇定，"谢谢送我回来。"

万里礼貌性地微笑，回到车里，开车离开。

千安目送车子消失在宿舍转角。

"谁啊？"罗家祁在千安身后问。

"同事，今天一起加班的。"千安语气平淡地回答。

3.

9月，开学，千安升入大四，实习也告一段落。Anne张罗部门聚餐，作为给千安送别，其他部门的人也来了一些，万里也在。

饭间，Anne拉着千安的手说："唉，真舍不得你走，像你这么能干的实习生几年都难得遇到一个。"其他人也纷纷附和，说Cheer一走，连部门的工作效率都要变慢了。

千安一一微笑应承。

"你要是在公司做得还算开心，以后也别投其他家简历了，毕了业就直接过来上班吧。"Anne说。

千安一时不知该怎么回答，她谈不上特别喜欢这份工作，也不讨厌，只是不想贸然答应，但话到嘴边，又不知该如何婉拒。千安的眼睛不由自主地扫过坐在对面的万里，然后又飘回定定看着自己的Anne。

万里忽然开口："Cheer还有一年才毕业，你这么早就想拴着她啊？"

Anne笑起来："哎呀，我这不是怕她被其他什么公司抢了去嘛。"

"那你用嘴问哪拴得住，应该直接点，拿副手铐铐着Cheer，随时带在身边。"万里开玩笑。

"那Cheer不就成Anne姐的手机挂件喽？"旁边有人插嘴。

大家哈哈大笑，Anne 边笑边瞪了万里一眼：“讨厌，我是真心的。”也不再提这事了。

千安附和地笑了笑，感激地看了一眼万里，谁知道万里的目光恰好转到她身上，两人的视线就这样不偏不倚地迎接了对方。千安微微一震，迅速垂下眼帘。

吃完饭，Anne 又张罗大家去唱 KTV。千安唱歌普普通通，对付着唱了两首，就让给别人。

包厢里闹哄哄的，说话都得扯着嗓子。千安坐在沙发最边缘听人唱歌，突然有人坐到她旁边，她转过头，是万里。

电视屏幕随着 MV 的播放不断改变光的颜色，白的，蓝的，黄的，灰的，都穿过昏暗的包厢空间投射到万里脸上，斑驳变换。千安想到自己脸上大概也是同样的，忽地对着他笑了笑，他看着她，嘴角微微弯起。

千安心里像是涌出万语千言，分辨不清都是些什么，只觉得非说出来不可。她的嘴动了动。

“什么？”万里听不清，靠过来，离她很近，很近。

千安凑到他耳边，正要说话，麦克风突然传来清晰的声音：“万里，和我唱一个吧。”

Anne 站在屏幕前，声音里的欲说还休被麦克风放大得纤毫毕现。

千安突然头皮发麻，原本凑近万里的身体向后撤退。

包厢里的同事都在起哄，千安低着头，不看万里。万里站起身，走向包厢中心，拿起另一支麦克风。音乐前奏响起，似曾相识，千安绞尽脑汁想，却想不起来。直到万里开始唱，低沉的嗓音，流利的英文，千安终于想起，是在万里车上放的那首歌，The XX 的 *Stars*。Anne 的女声紧接而上，魅惑的、略微沙哑的。两人的声音错落交缠。

千安喝下一大口啤酒，喝得太猛，被呛了一下，咳出声，她连忙捂住嘴，将声音拢在手心的一捧温热中。

千安去洗手间，两个同事进来边补妆边闲聊。

“Anne 和 Mann 应该快了吧？”

“我看也是，你看刚才两人唱歌那样子，天雷地火的，传了这么久是该有个结果了。”

千安出来洗手，装作不经意地问："Anne 和 Mann 怎么了？"

同事笑："你不知道吗？"

千安摇头。

另一个同事说："这也不能怪 Cheer 啊，她才来了多久，Anne 和 Mann 的事都传了有半年了吧。"

"是啊，年纪相当，能力都很强，相貌又都不错，各方面都很配，平时也走得近，我们私下里一直都蛮希望他们俩能成呢。"

千安喝得有点蒙，恍惚地露出微笑："这样啊，确实很配呢。"

千安走出洗手间，停在包厢门外，想了想，转身往外走，穿过走廊，经过大厅，走到建筑外面。初秋空气里垂死挣扎的暑热混合着暴雨前酝酿的水汽劈头盖脸地包裹住她，她像被粘贴了一层密不透风的膜，连呼吸都变得困难。此刻的空气湿度高达 95%，与她体内那莫名涌来而又隐忍不发的水分比例一模一样。

4.

10 月，千安 21 岁。生日那天，叫了要好的同学去吃饭，男生女生都有，当然也叫了罗家祁。饭后，一群人觉得不过瘾，闹着要去游乐场。那天不是周末，夜晚的游乐场人不多，大家不用排队，把平日里没坐过的设施顺着玩了一遍。

朋友们都知道罗家祁对千安有意思，所以凡是可以两个人坐的设施，统统心照不宣地把他俩凑在一起。千安心知肚明，也没有辜负大家的好意，大大方方地坐在罗家祁旁边，遇到过山车或者海盗船那样的惊险项目，也不由自主地尖叫着紧紧抓住罗家祁的手。

最后大家闹够，决定以旋转木马作为收场，游乐场也临近营业结束，整个场地里似乎只有他们这群人。十来个男孩女孩全都坐在旋转木马上，手里还拿着啤酒罐，喝着，笑闹着。不断旋转的木马，四周的灯光都成了眼底流经拉长的金色光束。

千安坐在一匹白色木马上，喝得晕乎乎的，靠着木马的头和脖颈，一个人傻傻地笑。她说不出为什么笑，只觉得挺开心的，心里被某种愉悦的情绪撑得满满当当，不知道是因为生日、朋友还是酒精，哪怕这满满当当之后，仿佛掩藏着一个小小的不清不楚的空洞，也依然挺开心的。

千安拿出手机，把今天和朋友们照的照片挑了几张发到朋友圈，文字只简单地写了“21”，发送。继而专心地投入与朋友们的玩闹中。

深夜，一群人打车回学校，意犹未尽。

出租车停在校门口，下车时看到路边还停着一辆黑色车子，在几乎已经没有车辆行驶的空旷街道上，孤零零的。

千安只是看了一眼，继续往学校里面走，走出几步，顿住，认出那是谁的车。

“千安，走呀，再晚宿管又要骂了。”同行的女孩催促。

千安迟疑，咬咬牙：“你们先回去。”

“你干吗去呀？”所有人都看着她。

她不知道该怎么解释，干脆什么都不说：“没什么，我马上就回来。”说完，向着路边大步走去。

“千安！”是罗家祁的声音，但她没有回头。

千安向那辆车走去，脚步是虚的。大约是醉了吧，她想。

车内灯亮起，万里从里面打开副驾驶座的门。

多么熟悉的一幕，千安突然停住，离着车子一两米的距离，不再上前，定定地看着车上的人。

万里似乎明白她的意思，打开车门走下来，站在她面前。

一个月未见，万里已经有了些许陌生的气息，也许对于他来说，千安也是吧。千安只是对他笑了笑。

万里从口袋里拿出一个盒子，递给她：“生日快乐。”

千安突然感到一股电流蹿上背脊。似乎不是因为他的举动，只是因为声音，一个月后再次听到的声音，像一发迢迢而来的子弹精确地击中了她。

她伸手接过盒子，手微微发抖。

一个包装精致的小盒子，她低头看着，轻声问：“……我能打开吗？”

“当然。”万里的声音像裹挟着风雨的低气压稳稳推进而来。

千安拆开包装纸，一个粉色的盒子，是香水，Miss Dior。

千安明白自己应该礼貌地道谢，可是当她抬起头看着万里，她说不出任何字眼。以为已经消散的酒精原来只是暂时匍匐，只要有一点火苗，它们就会不管不顾地燃烧起来。

千安直视着万里的眼，车里的那一点点暖色的灯光映着他的背，远处的路灯苍白的光线斜斜地将他的眉眼覆上阴影，他仿佛一团模糊的氤氲，不远不近，渐渐消失。

千安上前一步，踮起脚，闭上眼，吻他。

她仿佛能听到他胸腔里心脏猛地收缩，然而重重跳跃起来。

5.

11月，万里约千安出去。千安认真地挑了衣服，化了妆，出门前喷上香水，是万里送她的那一瓶。

万里开车来接她，又折返回城里去，大量的时间花在路上，千安心中过意不去。

去城里吃了饭，不咸不淡地聊天，多数时候是万里讲，千安听。后来，他也沉默下来，只是吃饭。

离开餐厅，往停车场走。千安有说不出的低落，步子也磨磨蹭蹭，但距离就这么一小段，再怎么慢也会走到。千安再次坐上车，一天好像就要这么结束了，仿佛时间被某种看不见摸不着的怪物吞噬了。

“我们去看点什么吧。”万里没来由地说了一句。

千安侧过头看他，连连点头：“嗯好。”

万里如释重负地笑了笑，拿出手机翻了翻各类演出时间：“《天鹅湖》怎么样？俄罗斯的芭蕾舞团，今天晚上的还有票。”

千安也露出笑容：“《天鹅湖》很好啊。”

仿佛从那怪物嘴里夺回来一些时间似的。

开车去了剧院，现场买了票，看演出很好，避免了没话找话。

领舞的芭蕾女舞者高挑且极瘦，整个人像羽毛一般轻盈地从舞台这端飘到那端，她踮起脚舞动时，就像钢笔笔尖在白纸上落下的笔触，横折撇捺，落笔成一首情诗。千安看得深深吸气。

万里的手掌覆盖上千安的手背，起初是轻的，然后一点点用力盖住，每根手指卡进她的指缝。他的手指拳曲起来，扣住她的手掌。千安的手指平伸着，微微发颤。轻盈的白天鹅被王子托举而起，翩然落下，借着他的手臂飘然舞动。她的双臂舒展开来，挥动羽翼般弯曲又伸展。千安盯着台上幻化的天鹅，慢慢曲起手指，反握住万里的手。

她直到这时候才转过头看着万里，万里的眼睛在昏暗的光线中亮如伺机猎捕的兽。他抬起另一只手，触摸她披在肩膀上的发。

他凑近她，在她耳边低声说了几个字，音乐太响，她似乎没有听清。

那只吞噬时间的怪物，在这一秒，好像也陷入沉睡。

6.

12 月，千安的实习报告需要盖章，她和人事约了时间，趁着周一早上没课去了实习公司。

尽管只是离开两个多月，再次回到公司，仍然有恍如隔世的感觉。人事很快盖完章，时间刚好快到午休，千安趁机去原先部门看看。

Anne 看到千安，有点激动，拉着她笑嘻嘻的。其他曾经的同事也来同她打招呼，还有几个陌生的面孔，是千安之后才来的人。Anne 又要请千安吃饭，千安连忙说这次该自己请才是，Anne 也没坚持，说说笑笑地往电梯走。

路过市场部的时候，千安有意往里面看了一眼，市场部依然连午休时间都是一片紧张忙碌的样子，没有人去吃饭，没有万里。

千安愣了一下，停住脚，再仔细看，原先万里坐的那张桌上，坐着不认识的人。

“Cheer，怎么了？”Anne 走到前面，回头问。

“没什么，我刚东西掉了。”千安随口敷衍着，拉扯了一下挎包，转头赶上 Anne。

说是请客，其实仍旧是公司楼下那家速食西餐厅。Anne 依旧只吃不加沙拉酱的沙拉和一杯柠檬水，即便千安已经习惯了她这样的吃法，仍旧好生佩服。

菜很快上齐，千安同 Anne 聊着，一部分的心却越来越安定不下来。她忐忑之际甚至有了荒唐的幻觉，仿佛随时都会有那个低沉的男声出现在后方，就像第一次来这里吃饭时那样。

“想什么呢，心不在焉的。”Anne 吞下一大口菜叶，兔子一般地咀嚼。

千安微微慌张，很快镇定下来，不动声色地说：“就觉得这次来感觉有了些变化。”

“嗯？什么变化？”

“来了些新人，以前的有些人好像没看到。”

“职场嘛，大家跳来跳去的，很正常。”Anne 耸耸肩。

“说起来……”千安按捺着不由自主加速的心跳，“没看到 Mann 呢。”

“你说万里啊……”Anne 神情微微一变，停顿了。

“嗯……”千安被她的反应吓得屏住呼吸，不知道该不该继续聊这个话题。

Anne 叹了口气，缓缓开口：“万里辞职了，上个星期交接完工作，这周开始就不在这儿了。”

千安愣住，几乎是下意识地问：“他去了别的公司？”

Anne 摇摇头，端起柠檬水喝了一口，才说：“他想去北京发展。”

千安睁大眼睛看着 Anne，她知道自己不应该是这样的反应，但她已暂时失去了理性：“……可是……”Anne 投过来的眼神让她忽然反应过来，自己面对的是 Anne，是和万里作为同事并肩作战很久的 Anne，是曾经不再掩饰对万里有好感的 Anne，是同事们都希望她和万里在一起的 Anne。千安竭力将理智拖回头脑，她想打住话题，但面对 Anne 等着自己把话说完的神情，她只能小心翼翼地换了说法：“可是，我听 Lily 她们说，你们……”

Anne 自嘲地笑了笑：“这就是职场人的规则啊，所谓职场人、社会人啊，就是哪怕真的喜欢，哪怕知道以后再也没有喜欢的机会，但是为了自己的前途，狠狠心，错过也就错过了。”

千安看着 Anne，说不出话。

Anne 继续叉起一片无味的生菜叶，喂服中药一般地咽了下去。

7.

圣诞节，原本朋友们约了一起去城里过圣诞，结果临到那天，一个个都找借口说有事去不了，最后只剩下千安和罗家祁。千安当然知道是什么意思，也没有拒绝大家的好意，按约和罗家祁两个人去城里。

去罗家祁订好的餐厅吃饭，罗家祁一个人讲得眉飞色舞，讲班上的趣事，讲面试的经历，讲打的游戏看的电影，千安听得很认真，也听进去了，没有隔膜，没有那种仿佛隔着一道墙的距离感。

吃完饭，两人在街上没有目的地走，满眼都是闪耀的街灯，商场前巨大的圣诞树装饰得仿佛会发光的魔法树，扮作圣诞老人的工作人员不断向路人分发小礼物，金色灯光和 *Jingle Bells* 的旋律将城市包裹成一颗大得离谱的甜腻糖果。

千安和罗家祁并肩走在人群中，刚才很能说的罗家祁突然成了哑巴，沉默地走在旁边，在人群推搡时暗暗护着千安。

越来越多的人拥向街头，连走路速度都慢了下来。

“我们回去吧。”千安说。

“啊？”

“趁他们都来城里，地铁应该挺空的，待会儿回去晚了，肯定很挤。”千安说着，朝地铁方向走。

“可……可是……”罗家祁着急地想说什么。

“嗯？”千安转头看他。

“……没……没什么，那我们回去吧。”罗家祁说着，往前走为千安“开路”。

地铁站里的确是泾渭分明的两片天地。通往城里的那条人山人海，离开城中心的这条门可罗雀。

千安和罗家祁走进的那节车厢，稀稀落落地坐了几个人，他们两人都没坐，站着靠在角落里。

地铁行驶中，车厢里一片安静，仿佛被这氛围所慑，罗家祁一副想说话又不敢说的样子。

地铁行经一站又一站，人越来越少，距离学校还有一站时，这节车厢里除了他们之外，只剩一个低头打盹的上班族。

罗家祁深深吸了一口气，总算决心开口：“千安……”

“罗家祁。”千安低着头，叫他的名字。

罗家祁深吸的那口气突然戛然而止，一路好不容易鼓足的勇气也瞬间化为乌有。他叹口气，闷闷的，认命似的回答：“……嗯？”

“潜水是什么感觉？”千安问。

罗家祁愣住，没想到会是这样的问题，认真想了想，说：“我可能说不太清，是一种……前往未知地方的感觉，特别是下潜的程度越深，那种未知的感觉就越明显。”

千安抬起头，好好看着他：“不会怕吗？”

罗家祁被女孩看得有点招架不住，眼神飘忽：“比……比起怕，更多还是兴奋吧。不过，也可能是我潜得还不够深，往下超过一定程度，身体是会越来越难以承受那样的水压的，但是越往下，去过的人越少，能看到的东西就越不一样。”罗家祁说完一大段，有点不好意思地挠挠头，“我表达能力不好啦，其实最好是自己去体验一次啦，潜水是很容易上瘾的。”

千安低下头，几秒钟后，又抬起头，再次直视罗家祁的眼睛，认真地问：“如果我想去潜水的话，你会带我一起吗？”

罗家祁呆呆地看着千安。

地铁停下，车门缓缓打开。

千安率先走出地铁，站在车站上转过身，看着还呆呆停在车厢里的男孩，微微笑了笑：“罗家祁。”

男孩如梦初醒，连跑带跳地冲过来，在车门关上之前有惊无险地跨了出来。

千安已经走上台阶，罗家祁跟在后面，突然喊：“千安！”

千安转头看他，男孩露出灿烂笑脸：“我带你去！去潜水！去玩！去生活！只要你想，干什么我都带你去！”

千安看着罗家祁，想微笑，却做不到，只能缓慢地，轻轻地，点点头。

8.

1月，寒假即将到来，千安还在去各家公司面试。

那天中午，刚刚接受完面试，走出建筑时，突然收到万里的微信，约她见一面。这是他几乎隔了两个月后，再次联系她。

千安想了想，答应了。

万里开车过来，两人就在旁边餐厅里坐下了，点了菜，仍然是沉默中不知如何开口的老样子。

千安这次先打破僵局："我刚面试完。"

"怎么样？"

"还不知道。"千安耸耸肩。

万里沉默了一会儿："公司那边，Anne一直挺想你过去的。"

"我知道，不过……"千安没再说下去，只是冲他笑了笑。

服务生端上菜来，两人有一搭没一搭地吃着。

千安看着碗里乳白色的汤，问："你什么时候走？"

万里顿了顿，用筷子夹起一片牛肉，放进碗里："明天。"

"哦。"千安应了一声，从汤里捞出一片姜，放到空盘里，才用勺子舀起汤，无声地喝下去。

剩下的大部分时间，他们留给了沉默。

吃完饭，两人走出餐厅。

"我送你去地铁站吧。"万里说。

千安摇摇头："不用了，我待会儿还有一个面试。"

"这样啊，那……"万里停顿了一下，微微吸口气，缓缓吐出，"再见。"

"嗯，再见。"千安从容不迫地露出告别的笑容。

万里转身，千安亦转身，她平稳地走着，渐渐加快脚步。她不知道自己在往哪里走，她其实并没有面试，但她也找不到地铁站的方向。她只是走，不停地走，从熙熙攘攘的街道，走进暂时无人通过的弄堂里。

千安仰起头，看着二楼以上的窗户外伸出长长的晾衣竿，衣服、裤子都被一一穿进长竿里，晾在半空中，像一个个被吊着一手一脚的人，无力地晃荡着，在这深冬的寒风里。眼泪流进千安耳后的头发里，温热的，很快就被吹冷，吹干。

千安拿出手机，打开微信通讯录，找到“Mann”，删除联系人。

她重新走回人潮汹涌的街道，成为其中最不起眼的一个。

9.

10月，千安22岁。生日那天早上醒来，就收到了许多祝福信息。

大学毕业以后，同学们去了四面八方，千安找了当地的公司，当然不是当初实习的那家。罗家祁也留在这里，和她一起。

刚刚过完试用期，成为正式员工，拿到正式薪水的千安趁着生日请朋友们吃了顿好的，之后，大家毫无新意地去了KTV。

走到那间KTV外面，千安才想起，这是一年前去过的那家。

包厢里，大家起哄着非要千安和罗家祁对唱，两人都不是特别擅长唱歌，随便挑了首对付过去，总算能让位给麦霸们。

订好的蛋糕送来，许了愿，吹了蜡烛，切了蛋糕，被抹了奶油，一切按部就班地进行着。

千安去洗手间清理脸上的蛋糕——连洗手间都是一年前听到八卦的那一间，好巧不巧。

千安又想透气了，趁着大家还在包厢里闹，她偷摸溜出去，站在路边。天气很好，秋高气爽，千安无所事事地看着路边经过的车发呆，有出租车以为她要叫车，放慢速度开过，司机直瞪瞪地盯着她，她不好意思，连忙低头假装看手机。

就在这一刻，手机里跳出一条新短信：

生日快乐。

千安点开，未知的号码。

她看着那十一个没有规律的数字，看得仿佛都分辨不清了。

生日快乐。

那蓝色的示意连接通话的话筒图标就在她右手食指之下。

生日快乐。

“千安。”身后传来罗家祁的声音。

她转过头，看着台阶上瘦高的年轻人。

“大家都等着你呢。”他喝得有点晕，笑得特别开心。

“来了。”千安抓着手机，走回去。

手机屏幕还停留在那个短信页面。

生日快乐。

然后，屏幕熄灭下去。

21

Twenty One

《佳人相见一千年》

魏蓉

卢美芹缠好指甲，轮指了十来分钟，开始心不在焉地弹起《天鹅》，低音悠扬地弹跳着，打声清脆。十几二十年来，犹犹豫豫的时候她就抱着琵琶弹《天鹅》，练习琴没有昂贵的演奏琴那么清脆圆润，擞得喑哑，扫拂里欠缺些潇洒，但是三三两两从宿舍楼前走过的男孩女孩也会伫立那么一会子听卢老师弹琴。早春的柳芽儿暴出些，牵扯着絮状云里金线一样的阳光，在料峭里抖动，在摇、滑的弦音里潜滋暗长。

背着琴包的卢青在楼下听到熟悉的琵琶曲子，泛音空灵一声，姆妈没有任何停顿的，开始又一群天鹅的游弋和翱翔。她轻手轻脚地开了五楼教职工宿舍的门，搬了折叠凳坐一边等着。卢美芹弹琵琶的神色和动作幅度都是悠悠的，模拟高翔飞起时的铿锵摭分也只微微倾了倾颈项，弹了半天才出了薄薄一点汗意。

“姆妈，心里不适意？”虽然是问着，但是妈妈每到心上无处排解时就弹《天鹅》已经是母女之间的心照不宣，卢青想知道原因，搬到评弹学校新校区的宿舍一年半了，这还是第一次弹这支曲子。

卢美芹将琵琶支在琴架上，一边剥着白色的尼龙指甲，一边平静地说：“记得照庭妈妈吗？他们新开的会所叫我周末去唱几段，钞票基本和我工资差不多，我这一两年课少了些，就去去吧。”

怎么能答应？

卢青回忆起田继红上扬的柳叶眉，20世纪90年代末的青黛色仿佛还没在记忆中消退，但小庭姆妈的容貌却是不太记起了，闯进记忆的是李照庭和他爸极相似的憨笑装傻，田继红的责骂都是打在棉花上。

姆妈说“就去去吧”那就是已经有了计较，但不明白的是，曾经同一剧团的两个女人老早井水不犯河水，怎么会十二年后一方流水来邀呢？自从妈妈从老校区搬到新校区的教工宿舍，母女间交流少了些，每周来让姆妈检查基本功时才说说闲话，她斟酌一下问：“照庭一家不是在上海做生意吗？”

“又在金鸡湖开了一家，吃茶吃饭休闲听曲。”卢美芹查看了煲着的红枣百合银耳，看天色日头已经消散，回身叫卢青留下来将就吃吃，说说话。把来龙去脉告诉女儿——是开学时班上高职的陈艺一去兼职却哑了嗓子，田继红说话可是不客气，小陈没法了就哭着喊父母也请求她去解围。卢美芹除了教学，和学生走得并不近，但女孩儿的哭声教她不忍，自己也生了个宝贝姑娘，听不得委屈。

转了车过去，一看却是熟人。多年不见，依旧笑眯眯迎上来的李瑞成说："算了，何苦为难小姑娘，谁没个头疼脑热喉咙疼的，当晚弹个小三弦应付过去就行。"但是，后来还是变成卢老师代学生唱了四十分钟。卢青知道"后来"这两个字里必然有些曲折，但是不愿说的话就罢了吧。她吃了半碗银耳，想想还是热了点陈饭就着小葱炖鸡蛋填肚子，晚上她也要去个私人寿宴弹琵琶，两个小时能把形体课的上课费用挣回来。虽说四年前考进昆剧院做演奏员有了固定工资，但是，国家二级演奏员团院里不少，去年又进了两个研究生，自己17岁考上来的在学历上天然不足，后天的关系比不上，现在额外上着课——她用力扒了两口饭，谁嫌钱多呢，多挣一点，姆妈也轻松一点。

"青青，已经准备重考，下个月就不要再接额外的活动。你们昆剧院的小兰花班自从白先勇青春《牡丹亭》打响，就热闹了不少，基本功训练不能停，小时候学的不作数。"她看了看卢青的饭碗，"以后晚上吃多了去跑动，唱戏也是体力活，身体素质要的。"卢青听话地点点头，背起琴包走进冷冷春风。

河塘拐角她一回头，卢美芹在阳台上望着，她招招手快步走着，心里却是有了计较。自从在微信上和李照庭有了联络，这两个月他介绍的聚会、纪念活动的收入也有小两万，改天请个饭，请他在昔日的尴尬中圆个场子。她爸爸卢平走得早，妈妈演多了杜丽娘，就参不破生生死死哪里能随人愿！至情于父亲，忘怀于闲言碎语，仍不免在小剧团里生了龃龉。妈妈没有了心无芥蒂来搭戏的人，不久戏团又改换东家，她们才从周庄唱戏辗转到苏州城区教书生活。

大晚上的，李照庭在卸菜，文正学院的后街，二手的金杯车里冷冻的鸡肉、香肠，切得五大三粗的猪肉还有土豆、胡萝卜、小青菜两大筐。贾齐在下面接着，送进他们一起做外卖App的小店后厨。龚楚煋在前堂等他们，她等得无聊，见男友身高腿长抱着码得齐齐的胡萝卜煞是诙谐，忍俊不禁拍下来发到朋友圈。

他们两个大男孩自己搞创业，兴兴头儿上，小有盈利，眉目里就没有那些勤工俭学的男大学生的委顿和戒备，眉眼又都生得浓烈，就算扛着一袋皮上粘着泥土的洋山芋也有张扬的热力腾腾散发。龚楚煋拍李照庭从来不修图，好看得很。

后台还有七八个订单，但是没什么他们好忙的了，和小厨、配送打好招呼，三人跳上金杯车去苏大本部看有演出的卢青。金杯车上并不那么干净，李照庭从背椅中抽出件旧外套铺上面给龚楚煋坐着。

“十二年没见过了？”贾齐开了窗，打开朋友圈点赞评论，头也不抬。李照庭点头答应，小学二年级各自搬家谋生离了周庄剧团，其实阿爸早因为生自己这个小二被开除，姆妈后来春香也演不成索性辞职先做了家庭主妇，放心不下阿爸干脆也下海跟着去了上海。没搬家时，与卢青家隔河相望，小孩子的关系总是好得很，打水漂一不小心就打到对岸的那种亲近。

“在昆剧团弹琵琶呀，肯定是古典美人，留给我。”贾齐口无遮拦，给自己英俊的照片写好评论，继续看回复。“撕了你的嘴巴。”李照庭伸手推他，“小煋，拍他后脑勺，发朋友圈。”贾齐小时候缺钙后脑勺有些扁，平生唯一不敢也不能做的就是剪个圆寸，他失笑起来：“哟，小煋，小心一点。”他是西安人，前后鼻音分外清楚，龚楚煋啐了他一声。

李照庭一边专心开车，一边简单说明了幼时纯洁的友谊，虽然卢青是女孩儿，但在一群尚无性别意识的小孩儿中，大家都是竹马之交。贾齐继续“呲”他，李照庭就转而介绍了她的父母——卢青爸妈原本是团里的台柱子，卢美芹演崔莺莺，卢平就是张君瑞；卢美芹唱《茶叙》，卢平必然是被“琴挑”；卢美芹“游园”，卢平也是要“折梅”相邀的。他二人拉三弦唱双档也是默契，卢美芹琵琶的伴奏向来只锦上添花从不喧宾夺主，只可惜卢平走得早，“哭像”唱着就倒了下去，脑溢血。

周庄的旅游在新世纪初也颇具规模，但折子戏这种耗着光阴去赏玩的已是没落，正正经经唱戏的日渐窘迫。酒店宾馆欢迎评话弹词，偶尔也有“游园”“惊梦”，但都淹没在觥筹交错里脏了脂粉香气。

说到这里，叹了口气，想想自己家的“花笺”演习所不就是挂着所谓曲艺的旌旆行着所谓高级会所的实质……果不其然，总少不了贾齐的哂笑。

车子停在北校门，三人晃晃悠悠往礼堂走。晚上九点多从自修室和图书馆出来的人不少，呼啦一大拨人从礼堂台阶上出现，三人绕到后台。后台一群短襟T恤脸上挂着油彩的小武生扛着道具侧身走着，闹腾腾的好些热情的年轻女孩儿来要签名和合影，三人又退了出去等。

收到短信整理完毕的卢青洗了把脸，擦擦头发上的水珠——台上只剩蔡院长和几个领导在交流，后台显然比台上吃香，饰演杜丽娘父亲、太守杜宝的是才23岁的陈冬，卸了髯口的他成了姑娘们新的关注热点。来唱十年纪念的俞玖林和沈丰英也脱不开身。十年前青春版《牡丹亭》在苏大首次演出，而今，年少成名的主演成家立业评奖从政成立工作室，早是独当一面。

卢青背着琵琶站在门口看了一会儿，后台灯火不明亮，昏昏黄黄的看着温情，也看着模糊。荧荧灯光，猛逗着往事来心上，和多年前戏台后，冷清清卸着妆的夫妻二人说着闲话的场景交织起来。其间三五个小孩子从道具箱里爬出来，田继红闻声找来，半敞着白棉布内衬露出浅玫红棉毛衫，头发散了一半，拎着儿子耳朵一顿好骂。她老演春香这类角色，那少女红扑扑的胭脂还没卸，口脂鲜艳，骂起孩子来唾沫星儿都艳晶晶的。

那时自己挺怕小庭姆妈的，阿爸卢平来不及脱靴就跑来打圆场。

人影摇曳，余年乱离，如今卢美芹只在评弹学校教着高职生琵琶，课外带几个学生，人前很少唱戏了。再说一个小县城的小角儿，韶华已逝，再来邀请的不过是安着的一颗不安分的心。她就从从容容副业成了主业，主业成了关起门来的追思，回忆里缠绕的水袖一挥洒已经泛了黄，如何向春风解释春愁？华发都添了几根。

卢青收回目光，哪一出戏里戏外不是排演得相似呢？父亲和母亲那种被粉墨点染得脱俗的轻笑早是隐隐绰绰了。

去寻李照庭吧。

李照庭拉着龚楚煋就在他身后不远，隔着一段远去的少年和青春期，却因为朋友圈多姿多彩的照片一眼就认出来。卢青看他们小跑几步也笑着迎上去。

三人远远就打量她了，她和龚楚煋都是扎着丸子头，两人发质不同性格不同，头发松紧也不相似，龚楚煋的是流行的蓬松，心形脸在细心打理的下垂发丝间越发显得精致；卢青其实梳得和书生髻差不多，眼角眉梢都顺着乌黑的发脚往上走。她才洗过脸，面霜都没涂，比不得龚楚煋的粉嫩桃花妆，流光溢彩；但是苏州女孩胜在肤质细腻白皙，这两个月除了演奏外出，基本功、形体课的七八个小时都是汗流浃背待在室内，脸儿更是白得莹莹的。现下四人都站在杨柳荫里、合欢树下，有着自称小麦色的贾齐的衬托，她们俩倒似异曲同工的两柄团团纨扇，散着温润的白光。

双十年华，怎么都好看。

四人从南门出去，找了家小饭店吃炝鲈鱼和小馄饨。贾齐嫌她吃得少，香菇菜心都吃得像绣花，一筷子一扎，翻来覆去才吃了四个胖馄饨。从来也没人说卢青吃饭少，再说她晚上睡觉时都是靠墙扳腿，夜宵并不怎么吃，所以被贾齐字正腔圆的普通话批评得蒙神。李照庭把啤酒瓶往贾齐嘴里塞："小青6月份要考小兰花班，未来的'杜丽娘'可不能肥得和你一样。"

贾齐强调他那是胸肌和肱二头肌。

龚楚煋探究地问："为什么要重考呢？"她爸爸是海安人民医院的副院长、大外科主任，虽然姑娘无意于成为白衣天使，但是不损她媲美手术刀的眼神，是啊辛辛苦苦考上二级演奏员，还学了古琴和中阮，"杜丽娘""崔莺莺"是那么好当的吗？隔行如隔山，莫不是演员了光鲜艳丽惹人迷醉！但是昆曲不同于流行歌曲偶像剧，台下十年功可不是李照庭一个"未来"就许得了的。

卢青没说话，抬起眼睛仿佛还在斟酌言辞，她嘴角挂着麻油的光亮，半侧着脑袋沉静静地想回答的样子，倒有些这个年纪的俏皮。

"昏说乱话。"李照庭被带来的两个猪队友气到，苏州话脱口而出，"小青和我，总角之交！他们家学渊源，功夫一直没丢掉。转考小兰花还不是分分钟！"

"呔，你是白娘子哇，'肿脚趾交'你就臭吧，'青梅竹马'就那么不好意思说啊！"贾齐一拍卢青后背，"多吃点，练功要体力。我们这年纪消耗多大啊！"龚楚煋嫌他笑得贫，完全一股陕北窑洞的臊臭。

这群人，不听昆曲也没什么好奇，李照庭家做着艺术会所但是他自己在搞"吃饱饱"App，卢青心里那些对他们介绍演出的感激，被夏虫不可语冰的惆怅周周密密地封冻着，初见的喜悦被那条名叫岁月的河带向远方，向着周庄的黛瓦白墙的水中倒影冲荡而去。

清明是周六，卢美芹和卢青坐着客运汽车回周庄给卢平扫墓。生活不易，如今的周庄除夕正月都是天南海北的游客，所以坐地起价的墓地费用恨不得让亡者向死而生。

细雨纷纷，黏着皮肤，浓重的香烟青灰占领了公墓层层叠叠的上空。偶尔的一声爆竹炸响，一团灰烬闪着熄灭的红光在半空中掉落消散。

卢平走得早，墓在山脚，形色匆匆的人挟着花香和果香，抱着香和纸钱元宝往上走得沉重，相比较站在里面擦拭墓碑的卢美芹和卢青，他人的面色表情丰富得很，悲——愁——怨——怒——喜，小孩子欢喜，终于祭扫完毕回家了。

卢美芹整理好墓地周围，放好铃兰和菊花，点了桂花香和银箔元宝，叫卢青磕好头继续烧纸钱。她还是如以往的生日清明中元烧冬一样，握着一只梨形埙沉默吹着《月儿高》。琵琶的繁弦落尽演变为陶埙的怆然深沉，经过的人有好奇的有私语的，但母女两人一个跪着守着小火盆，一个站着吹着旧年景。

直到田继红来打招呼，李照庭跟在父亲李瑞成后面，从东边绕过来："今年大祭。"李瑞成说。"我伯伯娘娘都来了，在那边。"李照庭说。

"眨眼，卢平走十好几年了啦。"天有些清冷，田继红套着貂绒背心，她抹抹眼睛，"你也别老空着，徒让人惦念——唉，怪心酸的。"李瑞成拉她不让再说，田继红近了一步走到墓碑前："你过得写意，小卢才放心。"她不理儿子喊"姆妈，回去给太爷磕头啊"，一心一意说道："平日周末看你没事人唱着弹着，原来你心里也苦得很……"《月儿高》的气流回环低了下来，卢美芹右脸上的酒窝隐隐，陶埙平握胸前，似是叹了口气："谢谢侬照应，小红。"

她还是和多年前一样，软软地只说着感谢。烧纸没停心却悬着的卢青，暗暗松口气，李瑞成和李照庭一人一边挽着田继红，算是夹着往回走。"从来就照拂她，领情吗？半老徐娘还当自己相国千金太守闺女哪！一脸苦相……"前后不应，怨言在活人和死者之间散开，父子两人一前一后地回头张望，卢青招了招手，十二年前父亲刚走也有过这样的场景。

其实一直都这样，他们剧团里的都住着近，几个小孩一起上托儿所幼儿园做小学生，在上海做生意的李父隔三岔五回来，总带了孩子的牛仔裤、泡泡纱、橘子汽水和羊毛衫过来，父子二人不管谁去送，送给谁都要挨骂。

雨丝又开始飘落，纸灰燃尽，人一走，四散飞舞，逐着人行的轨迹好似逝者流连人间的叹息，可谁是归人又哪里可以说清。

眨眼就到了黄梅，楼上的防水坏了，卢青回来一看屋里没法住人，房东于是去跟楼上吵架，让她先到外面住两天。还有一个月就要参加小兰花班的考试，这次只得四个名额，谁都不能打包票。

她这三四年一直没落下基本功，租房子也是要木地板、清陈设、打地铺，就连晚上睡觉也像当年章子怡考舞蹈学院一样要扳着腿睡；现在唱词仍要背，经典唱段不能唱出缺音哑音；她知道自己脸盘儿和柳条般的身段能过关，可嗓子还得吊着，这顶要紧。昆剧院里的演职员她年纪最小，只和16岁考进来的汪姐姐关系不错，可她最近忙结婚，自顾不暇。卢青又要从在职演奏员重考在职演员，想来想去问问李照庭有没有地方。

电话那边好像是龚楚煋的笑声，他发来微信：“我在学生会的办公室可以凑合两天，是地板。”

上方山的茂竹蓬蓬勃勃地浓绿着，一片湖光映着白楼，是名翠微。学生会办公室正对一方湖山，一开窗就让人想开开嗓。“凑合三五天还行吧。”贾齐摸着鼻子考量，“来往要费点时间，有演出我们送你。”两个男生抬桌子，拼到门口。龚楚煋又从隔壁外联社再借了两个拖把。

卢青摇摇头，最近团院出去巡演，剩下他们小辈们在老兰韵剧场里面排演，没什么任务，这半年她也停止外出走穴，专心准备面试，卢美芹那里她都没有说漏水没法住的事情。老房子卖了，姆妈现住在学校宿舍，而且还在李照庭妈妈那里赚点闲钱，实在是没有什么值得诉苦的。

晚上去后街吃饭，龚楚煋和同学约了要到市区逛街，两个男生要看着后台，防止供货、送货出纰漏，不能同去。临走前，她瞅了瞅贾齐，贾齐嬉皮笑脸地敬礼。三个人要了四瓶啤酒。卢青只是坐着吃了蔬菜和鸡肉，晚上下腰和扳腿，米饭吃多了胃里不舒服。任凭贾齐打趣要她喝酒放松，她只说考试在即，如果成功了请他喝酒。但是贾齐立刻要人情让她周末为他们的 App 下载扫微信做广告。

第二天，李照庭从会所里拿来一套牡丹团花刺绣对襟褙子和马面裙以及一套竹绿男褶子和儒生方巾，在生活区的门口上彩吊眼睛戴发帚，系水纱穿彩裤布袜靴鞋，匀面点染胭脂，原本应该吆喝主持大局的贾齐看得有趣，一直看到里三层外三层眼睛发光的妹子来了，才想起推出大广告牌扫微信送广告扇的事情，他眼睛瞥着，“美女妹妹亲”乱喊招呼着，“滴滴”“咔嚓”声响成一片。

忽然就见雅如细柳、俊如青桐的两位伶人粉墨登场。李照庭一揖到底，这厢里却把小时学的几句戏文忘干净，眼瞅着卢青已经毫不忸怩地对着快挤到鼻尖儿的众多手机念白，左顾右盼一样赏风光：“不到园林——怎知——春色——如——许——”清亮的尾音扬到三角枫上，一丝儿颤音都没有。围着的几个男生女生吹口哨的有之求合影的有之，那二人只觉得黄梅天竟湿漉漉的太黏糊人。

李照庭一个踏步上前，兀的想起来一句：“俺和你把领扣松，衣带宽，袖梢儿揾着牙儿苫……”被苏州的姑娘们笑骂，推搡中难免被吃点豆腐，只好自我安慰“男色时代”自己还是颇具价值的，却看着卢青清唱得婉转，南来的北往的黄皮白皮黑皮的妹子小伙眼睛晶亮地看着，连那贾齐都站一边凑热闹。

小时候就是这样，卢家人似乎就合该是昆曲的骄子，小小的周庄戏台就是他们的聚光灯，都是平平常常的人家，她们台上一站就开始与众不同，柳笛乍起，眼风流转，纤腰轻折，且歌且舞走着圆步翩飞。卢青小时候就跟着学，卢美芹叫她去玩一会儿她才跟着李照庭赤脚摸小鱼，柳荫里撑出小船。

她一直认认真真，直到卢父去世，母女离乡，现在对着无数闲人，她还在一脸专注地唱着乍见春景的喜悦，弹琵琶也是。他爸李瑞成说琵琶大师多是男性，手大有力开合有度。可是卢青小小的手总是飞快地在滑品、擞抖间吸引着原本应该大快朵颐的人们的目光，他送过她等过她几次，看得清楚分明。

晚上三人在学生会办公室吃饭，喝着啤酒涮着小火锅，卢青抵不住劝喝了两口，只是挑着茼蒿和老豆腐吃，顺便把烫熟的丸子和羊肉片给他们夹着，听他们说笑。贾齐说自己不懂戏，打了个酒嗝说高中陪女性朋友看过的《霸王别姬》和《梅兰芳》蔫了蔫的男男女女死生纠缠不清，也不知两罐啤酒多哪里了，啰里啰唆听不分明。卢青和她妈妈一般，念人都往好处说：“《霸王别姬》非是张国荣的谶语，《梅兰芳》里也不只有相公堂子……陈大师的情怀还在，有的是技术上的盲点……”照庭说大齐竟然看过这两部，中学没少骗文艺少女。贾齐眼招子亮了，只在那里笑：“是你妈说的？”

他应该是对着卢青说的，他的目光让人心凛。龚楚煜推门进来时，只看到李照庭一拳揍过去。

租的房子一个星期才修整好了能住，卢青把泡霉的衣服床套被褥洗干净，买了两套新的棉布练功服。除了院里排演，日日夜夜地练着基本功和台步，隔两天就到卢美芹那里还课，姆妈说她唱官家少女含情脉脉的眼角眉梢不到位，克制有余传情不足。这昆曲唱功是基本，但表情身段却是格外打动观众的。卢青还是像小时候一样侧头想象，接着忽然半转了个圈，勾起唇角飞了个眼风给姆妈，卢美芹扑哧笑起来。

李照庭带着红心火龙果和凤梨百香果来院团旁边她的出租屋探望，看到她穿着旧T恤套着水袖来开门，往上梳起的发髻子紧紧地吊着扬起的眉梢，白煮蛋一样的脸清透湿润，全身好似要滴出水，那是汗水，一股新鲜而倔强的味道。

6月底，卢青愉快地得了“旦角祭酒”张继青先生的青眼，她十年前是白先勇青春版《牡丹亭》的艺术策划和指导，沈师姐就是从小兰花班的龙套拜入她门下，俞师兄拜入总策划汪世瑜先生门下。而今师兄访日旅欧，晋身苏州政协委员，成立了自己的工作室；沈师姐也自成风格，很少被老票友说唱功欠缺了，相反称赞她舞台的艺术表现力。照庭说这些个未来也必然是她卢青的——她不想从政，像师姐一样安稳唱着戏以后也能带些小徒弟顶好。

这晚卢青喝了整整两罐青岛啤酒，贾齐的眼角有些青紫还没消除，嘴角破了的地方长好了，咧着嘴祝贺她，一笑泯恩仇。龚楚煜带了一条施华洛世奇的黄水晶项链送给她，卢青推脱不掉，吃好就挥挥手自己坐车回去了。

这年的夏天热得嚣张，大学放假，两个大男生好不容易折腾出来的“吃饱饱”校园外卖APP怕是要“饿瘪了”。李照庭和贾齐跑方案想规划，天天跑苏大本部和机关单位，晒得乌黑，嘴上起了两层干皮儿。卢青的转考在院团引起小轰动，但是小兰花班里二十来个青年男女，有珠玉在前、扬名在后激励着，早已不同于十年前给老师们跑龙套的心态了。所以卢青更忙了，白天练芭蕾形体，唱念做打从头学着一般，晚上给自己加任务，如果有不菲的演出，半夜还得继续练着。卢美芹周六下午在李家的“花笺”演习所唱昆曲清口，将卖老房子的钱在独墅湖买了小高层以后留给卢青，只是没告诉她。

只告诉她，田继红最近身体不好，到上海会诊去了。卢青问李照庭，李照庭现在小厨要放假、下单两三只，后知后觉地问负责上海生意的大哥，李耀庭没好气地说：“金鸡湖跑了个茶艺师，你说呢！姆妈脑子不好，看到小青姆妈就牙尖嘴利，十几年前都没影儿的事情亏得她臆想……”

后院失火，老家也不太平。8 月头上一声巨响，将暑热难耐的昆山人吓了个透心凉。开发区的外资加工厂起火爆炸，当场死了四十多人。按说和李家的会所没关系，但是升宪表舅在里面做经理，虽是一表三千里，但拉来“花笺”撑场子的有难辞其咎的消防大队长，这里有他的干股。

伤亡上百人，苏州官场上都起码得震掉一个足球队的官员，而李家的“花笺”演习所要扯进去还不是上面眼色的问题？！

所谓演习所，也不逃过书香的皮子要藏些脂肉的里子。

李瑞成从上海回来了，田继红也回来了，她是真的病倒了。升宪是她的小表舅，千丝万缕的关系也有她的原因，如今，里里外外都丢人，她从来要强，如今一看到李瑞成就要呜呜哭着，委屈得如同小女孩儿。

然而卢美芹还在楼下咿咿呀呀地唱着，那琵琶声声滴溜溜转，唱的是“娇莺欲语，眼见春如许”，“那牡丹虽好，他春归怎占的先”，一会儿又唱老生的“叹凋残霜雪鬓须白，今日个流落天涯，只留得琵琶在”。她嗓音是旦角的柔雅，交替唱起生角又是愁苦难当不减沧桑，好像唱的是她的半生独白，又好像是她田继红的自作聪明。她就那样咸淡不浸，每周从她手里拿报酬，不比人多不比人少，先说“谢谢侬”再接过来放在挎包的三折钱夹里。

卢青知道这些曲折时凉夏已过，李照庭和贾齐盼望的新学年开始了。他们的外卖在垂死挣扎里盼来了人傻钱多的新生们。这次打广告改换素衣，是真男儿方显英雄本色，纯粹用喷香的美食试吃吸引顾客，还有赠品仿版兔女郎团扇。卢青坐在简易桌椅后面登记，龚楚煋拉来姐妹团围成一圈帮助扫微信送手作黄油饼干。

中秋，卢青到评弹学校去吃卢美芹拿手的鲜肉月饼，卢美芹简单讲了李家事，叮嘱她："小庭不说你就当不知道，开发区死了那么多人，受折磨的多是无辜的人。"卢青不想卢美芹继续待在"花笺"惹上麻烦，卢美芹失笑："若说他们也许会受点池鱼之殃，也许不会，但我就是个蜉蝣啊，谁晓得？"她呵呵笑起来，眼角的细纹温柔得很，"何况，我依然从小红那里领着工资，她也高兴，至少强过我呀。领份工资还能攒份情谊，她也该懂我了。"

卢青看着她嘴角的法令纹，眼角发酸。

有人敲门，是李照庭，来送月饼和水果，神色怏怏的。不过并不是家事，或者是半个家事——龚楚煋一直就想出国，报了托福培训，寒假她要去复旦上课。她认为李照庭现在的App在电商大潮下玩玩而已，两人应该一起出去，更何况大四准备已经是晚了些，只是两人家境都不错，从来不是冲着奖学金去的。李照庭这个大男孩，你可以说他学习不认真，但你不能说他对朋友不仗义；你可以说他对家里生意无甚助力，但你不能小看他辛辛苦苦为之努力的一切，更不能嗤之以鼻。

他说了句重话："你爸妈把你当龚家楚家的星星美玉，但你还不是我李家人。"龚楚煋给了他火辣辣的一巴掌。

"你看……"他侧过脸指着小手印，"苏北悍女。"卢美芹这个做长辈的却是笑了，她看着照庭却又像看得很远："和你蛮般配，你不也咬过小青他们。"

卢青小时候粉白可爱，跟着父母唱戏，有时候团里一群孩子被大人涂上胭脂水粉逗弄。李照庭被装成小武生，唱念做打一番后捉了个小俘虏狠咬一口，下口没轻重，卢青嘴唇上一圈沁出血，父母在台上唱着才子佳人，小人儿在台下哇哇哭，那一圈血迹倒像章哈哈大笑的嘴巴。五岁的李照庭笑得嘎嘎的，当晚被李瑞成抽得鬼哭狼嚎。现在细看卢青人中处还有一点两点小小的印迹。

李照庭看着出神，不知在想什么；卢美芹也入了神，陷入回忆。卢青无聊，最近练得苦，爪子不由自主地又伸向一只咸香的鲜肉月饼。

寒潮来了，适宜拥抱，适宜取暖，适宜和解。

贾齐借着昆曲《红楼梦》月初在摩纳哥拿了天使奖撺掇一起喝酒。李照庭笑骂他关你什么事，假惺惺。贾齐笑嘻嘻："我见了你假惺惺，对她常挂心。"

李照庭气得没话说，因为小厨升级为私厨还要在学校附近照应着，四人继续霸占着学生会办公室涮火锅。龚楚煋带着海安麻虾酱来，贾齐说臭，结果点了炮仗，两人几乎吵起来，关于地域的各种冷嘲热讽层出不穷，李照庭一拉架反被学苏州男人拉长的鼻音，贾齐破功笑场，失败告终。

卢青坐在桌边喊："好了，快捞，吃好了我还要转车。我吃啦。"

三人都讪讪过来。

七点过了一刻，上弦月弯弯映着湖光，风里有冷气潮气竹柏气息，卢青深吸一口裹了围巾准备回去，贾齐送她，李照庭送龚楚煋回宿舍。

"什么时候能看你表演？"贾齐轻声问。

"一般的巡演和选段都有，但不是全场。"卢青的普通话没有他的正，可是胜在丹田发音，低柔清楚，"我还得多练一练。"她说着失落的话，眼睛却没有低垂下来，不再是二级演奏员只是小兰花的初级学员，还有很长的路要走，收入也少了不少。既然一开始就已经做出这样的选择，就没有什么好抱怨的，就像照庭和贾齐他们的小生意，父母们都看不上眼，可是他们甘之如饴。他们就从来没想过走出去养尊处优地镀点金花父母的钱，男人的担当一天到晚放在嘴边，还有事业融资风投和上市，接着就喝酒吹牛。

卢青也觉得累，是肉体的累，精神依旧如同6月份刚考上时那般亢奋。每天只有五个小时的睡眠，所以她现在火锅吃饱就有些犯困，因此没有拒绝贾齐的开车送归。快到林技厂时被贾齐叫醒，让她搓搓脸戴好围巾帽子别下车着凉影响排演和练习。觉一醒又有些饿，寒星点点，身上冷腹内空洞，院里食堂深夜也有窗口亮着，但不太好吃，幸好每天已经累得她不去想口腹之欲了。所以下车前，她夸他们的私厨很不错。贾齐开心地回去了。

月底的时候传来好消息，夏天里的外资企业爆炸伤亡案，只追究企业负责人和相关官员责任。检察院提起的公诉清楚晓畅，权责分明。"花笺"生受了小半年的心理压力，到头来没什么事情，田继红的偏头痛终于好了，现在卢美芹每周去三次，唱一到两小时不等，她偶尔在下面喝碧螺春，说这姑娘泡得蛮好。

苏州是魔都的后花园，元旦将近，好多年轻人都赶往这里跨年。今天，卢青不再是演奏员，小兰花里还在跑龙套不需要参演，于是四人下午坐动车过去，从地铁出来的时候已经密密麻麻都是人了。

挤挤挨挨地在广场上挪着，卢青跟在他们后面仰头看小时候来过的地方。其实去年来和上昆交流过，也住了三五天，可是那时她没有玩的心思，有空余时间就找地方揣摩唱段。现在望着大半个银白的月亮隐在辉煌的灯光后面，深蓝的天空里亮的塔、晶莹的建筑、转动的射灯比白昼里风情百种，宽广的江水里跃动的条条光柱游龙一般蹿动，她那年轻的女孩子的心才轻轻鼓动起来。

龚楚煋回头拉着她走到前面，让两个男生做后盾，李照庭和贾齐乐意得很。龚楚煋的小手软软的，伸上前来一股甜甜的牛奶蜜桃味儿，身上是润润的太妃糖香水味儿，大衣丢在男朋友手上，小香风的白色洋装在拥挤的人群里亮眼动人。卢青此时对她有了由衷的羡慕，这十二年她一直走得匆忙焦急，常常来不及高兴也来不及难过。今天完完全全属于年轻人的放纵中，她感到久违的喜悦。

有人轻轻推着她的后背往前，有人拖着她的手臂不被撞到，有人在楼上的窗口吹着悠扬的萨克斯风。暖黄的灯火多明亮啊，这一年的交替是公元的钟声还是江春入旧年？在几十万人潮汹涌中渺小如我的只剩下脚下这立锥之地？今天之后的我听过了钟声 2015 会有哪些期待？

片刻的茫然又会立刻被人群的摩肩继踵打断，所有的人顺着人潮喘着气，鼻头冒汗脸庞泛红，拥挤中感受青春肉体的美好，活泼有力，一往直前，哪怕浑浊中有各种体味儿香水味儿头油味儿烤肉味儿，孩子在尖叫，姑娘在欢笑，小伙儿气贯长虹，你在对面我也难以听清誓言倾诉，然而就是这狂热叫人沉迷，放下现实吧，只去挥动荧光棒露着床牙对彼此呼喊“新年新年新年！新年快乐！”只想明朝有酒，只愿青春有张不老的脸。

惊呼传来——

前方的人扑倒下去就再也没能爬起来，嬉闹和叫嚷声交织着痛哭和呻吟，越来越拥挤的两个多小时里，呼吸维艰。那些丢失在广场上的几百双无主的鞋子，还有洒下的鲜血慢慢消逝在江风飒飒的吹刮中，日复一日，夜继以夜。

四人坐着最早的动车回苏州，手机上都有几十个未接来电，在电池耗尽前才接通了家里的电话，报平安。抖着手插上充电宝，并不想去回应嘀嘀的短信声微信声。

几小时前他们根本不敢想未来这个词，只想找个落脚的可以攀附的能够躲避疯狂的哭喊的地方。幸好那些江边的石墩结实，龚楚煋和卢青被他们护在里面，只擦伤了手肘的油皮。李照庭和贾齐后背擦伤抓伤了不少地方，简单涂了红药水都只想回家，床位有更多需要的人。那么多歇斯底里的哭泣，医院待得快叫人崩溃，消毒水的味道里是后悔的毒药和死亡的回音。

凌晨卢青问特警借了电话给卢美芹报平安，她的旧手机掉进江里，比自己落进滚滚浊潮里还胆战心惊，泪珠儿成串跟着掉下去。儿时放风筝，最怕断了线，什么指望也没了。能懊恼一整年，每次放风筝都要耿耿于怀。而小煋哭得伤心，但周围都是哭号的声音，不知怎么就知道是她的。做女孩子真好啊，这伟大的哭的权利比任何死咬着牙关硬扛的力量都顶用。他们抱着她俩贴着背，安慰着："别怕，会过去的……会过去的。"

龚楚煋看到救护车后就没有哭，后来一直没说话，后来没人有力气说话。

卢青打车直奔教师宿舍，门一开冷风呼呼灌了她一头一脸，她看到卢美芹穿着浅红同色绣蝴蝶旧戏衣却套了个素白对襟褙子，妆化了一半，珠光宝气的头面戴得七零八落，口脂拉的下巴红红的，站在窗口拿着手机如同泥雕木偶。

"姆妈，姆妈……"卢青惊呼着跑到她跟前，她才醒神，头一句就是："小囡，独墅湖买的二十一楼，快装好了……写了你的名字……"哽哽咽咽，眼泪簌簌直掉。姆妈说得快速，这会子哭哭笑笑全然失了分寸，卢青没有听分明。

她不想知道姆妈做了什么还想要做什么，她只知道这么努力地走到今天，这一不小心就会擦过生死的世间，她们还是一本正经在爱着的，新年了就应该快快乐乐。卢青托着卢美芹站起来倚在床边，抱着她赖着她："姆妈，我在这厢，姆妈不哭，哭哭笑笑好不羞脸。"喃喃间，清早的亮白已经冲进屋内，旧戏衣透着樟木味儿，绣花的纹络蹭着脸酥酥儿的，姆妈念着"揭谛……菩提萨婆诃"，满室的晨光。

“姆妈，沈师姐和俞师兄学艺的时候是 24 岁。”卢美芹应着，卢青揉揉眼睛，困意袭来，“现下，我还比他们小三岁呢。”卢美芹哑哑地笑起来，念道：“投至得云路鹏程九万里，先受了雪窗萤火二十年。”

1月底，龚楚煋直接去了澳洲语言学校，“吃饱饱”准确定位成“创意私厨，由你做主”。两个大男孩在文正学院门口租了间小店面作为定点，宿舍也不住，直接搬了进去。

2 月 18 日除夕，新公寓的砂锅里炖着腌笃鲜，电饭煲里煮着桂花糖芋头，母女二人正包着猪油芝麻汤圆守岁时，听到了“咚咚咚”的敲门声。

21

Twenty One

《洗衣机里的海》

萧凯茵

洗衣机怎么能在这个时候坏呢？

她感到懊恼，但又忍不住抱着膝盖蹲在重新运作的滚筒洗衣机旁，脸差一点就贴在机门上，一动不动地透过机门的玻璃往洗衣机里看，好像那里面有什么壮丽的景观似的。

新买的那条灰色毛巾在洗衣机里掉了许多毛絮，好像把里面的零件堵住了，滚筒没法高速转动，积水也排不干净。于是她放了苏打粉，启动洗衣机让它空转一轮，尝试清理里面的毛絮。但是上次没有排尽的灰浊积水，显然还残留了一点洗涤剂在里面，一经轻柔的翻打，就浮出一层白沫，跟随滚筒逆着它转动的方向一波一波地涌动。一开始只是关心洗衣机功能受损的她，居然蹲在旁边看得入了迷。前置的洗衣机门又圆又厚就好像潜水艇的窗，透过它，她觉得仿佛看到北欧冬日的海，在乌云密布不见阳光的天空下，海水没有光泽也不显清澈，而是映照出覆盖火山灰岩石的灰黑色。尽管没有风，海水还是一波接一波地涌动，每一次敲打海岸，白沫一般的浪花便在岩石缝隙间四溅，但那灰浊的浪，却点到即止，从不上岸。她一直专注地看着那里面的海，直到白沫被滚筒继续翻打变成更加丰盈的泡泡，涂抹在玻璃内面，彻底挡住了她的视线。

她哥来了电话，问起近况，她随口敷衍了几句便挂了。再看洗衣机，苏打粉对堵在管道里的毛絮根本没有作用，这一轮空转仍然留下一摊灰浊的积水。灰浊的积水，没有风掀起一丝的波纹，就好像海已经退去，留下的是一塘积水罢了。

她双手揪着衣服在洗手池里绷紧并来回搓洗，这机械性的动作以及润湿的衣服那柔软细腻的质感让她可以更清醒地思考。她虽然担心，但沾满泡沫的双手一刻都没有停，就像她从没停下过要去北欧的念头。

她大概从半年前开始盘算的。她要离开这里，但不是要回去。反正她都已经来到了纬度51°的地方，不如索性就再走远一点，去到陆地最北的尽头。她从小喜欢寒冷的地方，并不是真的喜欢寒冷，而是因为冷才能呼出一口白气，连呼吸都看得见。她觉得这一口白气就像缥缈的对话框，仿佛有些什么话随着这白烟从嘴里逸出卷入冰凉的空气上升然后迅速消散。因为冷她才有理由穿得密密实实，才能嘟起娇嫩的嘴唇轻蹭围巾上蓬松的毛絮，曲起那皮薄得像春卷皮一样勉强裹住血管的指节一遍遍抚摩灯芯绒外套的棱纹，因为冷才会对外界更敏感，才能用全身的皮肤去感受布料的纹理和自己的体温。她喜欢冷还因为寒冷有层次，而炎热则没有；那种层次既是生理上的（寒冷入侵到身体的哪一层，是让人起鸡皮疙瘩的冷，还是刺骨的冷），又是着衣上的。她小时候就有意识去留心冬天的时候身上套了多少层衣服，现在则能迅速地估量出，这一天的天气需要穿什么质地、穿多少层。她会确保每脱掉一层外衣，里面剩余的部分仍是好看至少是和谐的：走进地铁的时候把大衣脱掉，再进车厢的时候把毛衣脱掉……她觉得好像可以把一年四季的衣服都穿在身上，她喜欢寒冷。而北欧冬日的雪覆盖大地，也像是披了一袭厚厚的绒布。

不记得哪个同学在她今年生日半开玩笑地送了一个存钱罐，形似一个紧急按钮，透明的圆盒上用红字写着“遇到紧急情况时击碎玻璃”。同学朋友都知道她读设计的学费本来就贵于普通学校，加上剪裁需要的布料费和偶尔的加工费一直花销很大，但就连送这礼物的同学，大概也没有想过，她会真的开始认真存钱。为了存钱，她开始记账。对于省了多少，她早就记录在案，把零钱放入罐中只是一种仪式，实用的功能顶多只是防止她把这些好不容易省下来的钱“不小心”花掉。

一开始完全是觉得好玩。来欧洲穷游的朋友借宿在她的房间里，在床和柜方寸之间铺开睡袋就是一个栖息之地。朋友精打细算，从日用品到旅行规划都仔仔细细衡量过性价比，临行到下一站意大利之前留给她一个锦囊，里面全是零零碎碎各种商店超市的彩色礼券，这一点那一点的小利小惠，并且言传身教赠予她“猎食”的技巧——如何在这汹涌昂贵的世界中投机取巧见缝插针。朋友告诉她周一晚上超市会大批量地把快过期的食材降价处理，有时候折扣甚至打到了半价以下。她于是学会拿个空的金属购物筐静静地跟在手持打标器的雇员身后，看好了想要的东西——通常都是状态尚可，至少没有腐坏的——待他一贴上打折标，就在他背过身去以后默默地伸手把它从冰柜里取下来。有时她未必能等到想吃的东西，可能是它们在过期之前就全都卖光了，又或者她刚好没有来得及在别人出手之前抢到。知晓这些折扣的人，也是超市的另一种熟客，他们惯常在这个时间来逛超市。跟普通的顾客不同，他们个个带着猎豹一样的眼睛，默默地看准，敏捷地出手。他们彼此从不交谈，然而当看到对方购物篮内的货品之后，互相交换眼神的时候都有一种默契。她在这些人里是比较显眼的，小小身躯的一个华人女孩穿着崭新整洁的衣服，就像一个人类小孩在狼群里模仿猎食，根本不懂这当中的残酷。她从没跟这些人里的任何一个因为争夺什么东西争吵过，也从没见别人吵起来过；她心里暗暗赞叹，连他们都彬彬有礼、温和谦让，却并不知道这不是默默之中形成领地的默契，只是因为没必要为这几十便士的东西费劲。大家既然在这个时候来到这个地方，图的不也就是自己爱吃的那一口饭。

她只觉得有趣极了！这就像头一回见到隐藏在衣服缝隙的走线一样让她感到兴奋，她当时也并未意识到这当中有着一种做作——明明同样是降价带小黄标的东西，她却不会买现成的微波炉食品，而是搜刮食材来烹调。就跟做衣服一样，她享受那个从无到有的，所谓“创作”的过程，也享受那个额外挑剔拣择、仰赖运气的过程带来的成就感。她 21 岁的青春就像空洞又丰盈的泡沫，这个小游戏正好填补了她的无聊。可能因为年少无知，一切于她来说也才尚有乐趣可言。

就算男友远道从北欧来看她，她还是照样从超市买来这些折价的食品。不过他并没有什么机会跟她吃同一顿饭，皆因他对食物的要求极其简单，自己随手做的三明治就可以满足一日三餐的需求，匆忙的时候甚至就只在面包片之间夹一点芝士。并且，他不甚喜欢热食，对于“热食”的需求只限于烤吐司和喝威士忌。至于她炒的菜煲的汤，简直是热得不可思议，还没到吃的那一步烫到舌头，他就已经在她的厨房待不下去了——明火红锅烘烤着站在灶台边上的人，实在是太热了。

尽管在同一张桌的两头，他吃他的三明治，她吃她的阳春面，他却渐渐培养出兴趣去观察她烹饪。他来了才发现原来准备食物也可以是一件需要过程的事情，那过程竟也有讲究和仪式感，可能跟他读化学的出身有关，这对他竟有点莫名的吸引力。在一切开始之前，她总是会在细长的颈项上挂一条围裙。对于食材，先放什么后放什么、什么时候放，她心里就像默默地有个复杂的程式。把手在锅上翻过来一横，伸出舌头在汤勺上轻轻一舔，她就知道温度、口味还差多少。

他对她的观察是隔岸观火式的。“怎么样？”“还不错，要尝一下吗？”面对她递过来的锅铲，他双臂抱胸手掌藏在臂弯里，没摇头但耸了耸肩——这是他常用来表示否定的肢体语言。“它们在锅里特别好看。”她像欣赏艺术品一样看着锅里的菜肴，“我觉得我可能救了它们。那些标签总以保质期判定它们的价值。”“怎么会呢，它们还是死的，你又没有把它们救活。一朵菜花还是一朵菜花，并没有变回长在土里的菜花。”“但它们在我的晚饭里更漂亮。我用最好的瓷盘盛着，放在铺了格纹桌布和蕾丝餐垫的桌子上，旁边还有烛光点缀。我用银质的餐具，把它们切成整齐的小块，然后一口一口吃掉——这怎么都比在超市垃圾桶里慢慢腐烂要体面得多。”这明明就是个无比豪华的葬礼，他心里微微一颤。他没有想到，原来这年轻的心灵越是单纯，就越是残忍。“你有没有听说，食物如果吃起来味道好，那是因为它有感情，它喜欢被你吃掉。”

他不好热食还有一个原因，他觉得食物的气味会因为高温更具攻击性，张牙舞爪地散发出来。这跟他喜欢穿黑衣服是一个道理，那就像是他的保护色一样，他只想隐没在人群，在这世界里。她一开始以为那是因为黑色面料吸热会比较暖，但她很快发现他不怕冷，或者他对寒冷的理解跟她完全不一样。当她穿毛衣罩外套还觉得冷的时候，他能单披一件薄T恤走出门而不发抖。她戴了围巾手套还觉不够，顺手捎了他的毛线帽才觉得差不多。她不会不明白，没有温热的食物，他的温暖从何而来，因为她知道他的心是靠燃烧酒精取暖的。他用冰块佐以威士忌来代替冬天的厚毛外套，像个中年酒鬼一样，他有个随身的扁平酒罐揣在口袋。他默默地倚在厨房门边，因为喝过酒，苍白的脸颊微微发红，就像一块放在壁炉里烧红甚至炭化了却没有火焰的木炭。

她觉得自己对他的喜欢就像对一个壁炉那样憧憬。在她所听到的信息里，在北欧几乎家家户户都有壁炉，不用的时候黑洞洞的就像个深不见底的隧道入口，然而一旦生起火来，你坐在旁边就再也不想离开。那跳跃的火焰像在跟着一首听不见的舞曲，怎么看都不腻，煤炭和木柴燃烧时噼里啪啦，就如同火苗舞步细碎又干净利落得没有烟灰。挪威电视台曾经把壁炉燃烧的过程连续直播了两天，她看过，她能想象那种空洞又很美的画面充满莫名其妙慑人的吸引力。她想象自己坐在北欧某个壁炉的前面，双手轻轻搭在椅子的把手上，像看电视一样专注。壁炉上面放着一排齐齐整整的书，她看着报纸在火里蜷缩起来，便有一种想把书全部掀进炉火里的冲动，但又甘心于只是想想而已。在这儿燃烧的仿佛是时间，一切都停下来了。烘烤在这火炉前，她一点都不想动。那种热量是她可以感觉到的，是他在机场见到她时她挽着的臂弯，是他进门刚脱下的外套，是他温热的颈项下脉搏轻轻地跳动，他的人来了，就像一个看不见的壁炉在她的家里生起火来。在他将要回北欧的那天清晨，她坐在熟睡的他面前，双手轻轻搭在椅子的把手上，就那么专注地看着他，一点都不想动。

他只待了一个星期。匆匆的七天，虽是一起看了许多风景，但对两人而言都有些不完美。

岛国的风光跟北欧并无二致，伦敦并不是他的梦，她才是。他见过晴雪海岸和城堡教堂，也习惯了人烟寡淡和天气寒冷，唯独想看看山林庭院和飞檐翘角，感受比肩接踵和大汗淋漓。就是因为他受不了这气候，才会梦想着有个熟悉的人可带他到自己没有勇气去的地方。

他对远东的这个梦，这是她身为局内人很难体会的。她只觉得跟他并排坐在地铁里看他戴上眼镜翻开一本厚厚的中文教材又夹着一本巴掌大的汉语词典那样子有点滑稽。虽然反过来她当年啃读英文的时候可能也是这副模样，她觉得也不一样，当年学英文是被考试逼着，相比之下中文又不够通用，既非专业相关又并非出于工作需要，跟他的生活——假如没有她，就更是——八竿子打不着，为什么还会主动学中文呢。她甚至觉得有那么一点可怕，好像这热情中始终隐藏着什么多管闲事的阴谋，语言总是用来交流，到底他想要弄懂些什么、传达些什么呢？她不知道其实中文对于他来说，从一开始就不是一种语言，而是像图画般的东西，读起来又像是谜语，像是游戏。他不是想要把它用作一种工具，他感兴趣的就是这个工具本身，像欣赏一件古老又精密的机械一样。也可能是他过惯了自由又简单散漫的生活，反而喜欢琐碎的礼节、繁复的修辞。

“你不知道自己有多幸运。”他从自己歪歪斜斜的中文字里抬起头，“你想想你们一直用着同一种语言，也就是说，如果时空倒流你跟几千年前的古人面对面，你们还能彼此交流，多么奇妙！”

“可不见得。他们估计还嫌我们穿的衣服丑呢，就这么一片简陋的布披在身上，活动太过自如，以至于穿在身上一点仪态也没有。”

他问起她家乡的风景，她却没能滔滔不绝答上来。她觉得记忆好模糊。说来奇怪，对没有去过的北欧她能想象那么生动的画面，但对待了十几年的城市却记得那么零碎。

“我总觉得我应该去一趟中国，而不是这里。”“那里可不是你听说的那么美好，就好比你目所能及的只是星星几千年前的光芒一样。” 他并不明白她不想回国的心情。“没关系，你就活生生站在我的面前，比我想得还要好。”她就仿佛是他梦中城市的投射，他至少来过，确认了这个梦的美，不舍但又心满意足地回去了。

但就像所有蜂拥而来的旅客没有想到自己对一座城市的破坏一样，他也没有想过自己来这一趟对她的生活会产生什么样的影响。她当时也并未意识到，直到把自己的衣服从洗衣机里拿出来，发现原本斑斓明亮的颜色全被蒙上了一层灰沉的黯淡，她伸手进去掏了半天，才掏出一只他漏掉带走的黑袜子。她蹲在洗衣机前抱着衣服，在那股不透彻的湿气里惆怅着，口袋一震就收到了他的信息。“Hey, Danry。”他在她的手机通讯录里存的名字是雷，雷什么也没说，只叫了她的英文名。她有时也不得不感慨父母给了她这样一个充满画面感，又可以让外国人也轻易念出来的名字——丹蕊。她舒展嘴角，把手机垫在灰蒙蒙的衣服上，腾出两根食指开始打字：

“咦，你怎么知道我在想你？”

丹蕊就是在那个时候决定去北欧。她说：“我想去找你。”“什么时候？”“会尽快，待一个星期。”“好。”就是这么简单，两人心里那种急切跟默契，连多一句像“真的吗”这样的废话都没有。她掐了掐手指，七个指尖都是炽热的。

她原以为没有什么可以阻止她去北欧，就像曾经没有什么阻止她成为今天的自己。

“好好照顾自己，有什么事情记得找锦添。”妈妈常叮嘱她这句，当时她还没听出什么来，因为妈妈每次都会提醒她哥的存在。她倒是很少找他，虽然他也紧接着来了英国读书，但两人毕竟不在一个城市。她也庆幸这一点，因为与其说锦添是被派来照应她的，还不如说是监督她，英国虽小，隔着几个城市还是山高皇帝远。她哥也睁一只眼闭一只眼，因为当时他被派过来，也是一万个不愿意。他在国内读得好好的，完全是因为妈妈不放心她一人在国外读本科，硬让他也转校到英国。转就转了，他妥协之余底线是要自己选个喜欢的学校，并且毕业之后就算妹妹还没顺利毕业他也要回国。锦添之所以着急回来，自然有他的原因。他的心上人还在国内等着他，就算人家愿意等他，他也不想多等。她不清楚他的打算，但是掐指一算他今年也该毕业了，归心似箭的他大概也顾不上她了。只要她想，马上就可以启程去北欧。

她这样想着嘴角就扬了起来，拉开冰箱，放在冷冻室的一盒盒食材外面凝结了厚厚一层冰霜，被冻得坚硬，她伸手去摸，觉得仿佛摸到了北冰洋结满了冰的岸边。

但不久前那通越洋电话令她开始发愁，妈妈在那头轻声地说了什么她甚至都不太记得，只记得挂了电话之后发现银行账户里只剩下三个月左右的生活费，多出的那点零头也就勉强够买一张回国的机票，之后，就再也没有进过账。说实话，丹蕊当时真的蒙了，一开始以为父母说着吓唬她的，结果真的一分钱都没再给过；她打电话回去，却听见爸爸在旁边扔过来一句——甚至都不是对她说的——“别又心软给她打钱，她花光了自然就会滚回来了”。她一下就明白这是逼她一毕业就回来。她知道自己的父母不是给不起这些钱，可能恰恰就是因为给得起，所以才能理直气壮地支配她的人生。

当初他们放任她混在艺术生里学画画并不是因为拗不过她，而是心里早就算好了这一盘账：“学美术可以，文化课也不管你，只要你其他时间乖乖跟我请来的老师学英语。”他们不知什么时候给她申了个艺术管理的专业，雅思一考完录取书就立马下来了，签证、收拾行李一直到把她送出国，一气呵成，她连跟同学好友道别都没来得及。“在那边交些新朋友。”他们把她送进安检口的时候这么说道，而她就是在那个匆匆忙忙的地方告别这唯一一双熟悉的面孔，走进陌生的人群。

他们以为一切如愿，谁知她在语言课程结束之后神不知鬼不觉拿着另一份录取通知书去了设计学院，读了一年多才被发现，那时他们觉得中途辍学也划不来，只好等她拿到学位。而她现在终于快要毕业，他们满心想着的就是让她快点回家，好重新回到正轨上来。什么是正轨？至少是一些不管是做起来还是听起来都比较体面又赚钱的职业。读艺术没关系，如果毕业能当个管事的也不错；然而对于年轻时在工厂流水线待过好多年的父母来说，她现在正走向的未来就跟车间里的纺织工人没有大区别，顶多是个留洋归国的高级技工。

丹蕊三年来唯一听的话就只有多交了些新朋友，而男友就是其中之一。他一年前来伦敦交换了半年，周末找中国学生一对一学中文。她那时帮朋友代了一次课。她在这方面也就半桶水，朋友说没关系，他水平不高你就陪他瞎侃侃。她教他数数，他说用中文说出来的数字听起来就像写得歪歪斜斜的样子。“我们来练习一下吧，你就用刚学的数字回答我的问题。你今年几岁？”“二——十——五。”“你多高？”怕他不懂，她用手比了比，他笑笑：“不知……一——百——八十——厘米？”她扑哧笑了：“是一米八。”“哪里不对？”他歪着脑袋，觉得中文里不成文的规矩太多。她教他描述天气，逐个数完了日月星辰、阴晴雨雪。她让他提问，他便问道：“Danry，你叫什么名字？中文。”“丹，蕊。”他突然脸就绽开了：“跟我名字一样！”“什么？”“我叫Ray。”“我是Rui不是Ray。”“所以？”她看他一脸困惑，只好说：“如果你觉得分不清，还是叫我Danry吧。”“那我的中文名字是什么呢？……跟你一样吗？”她想了想说：“你的名字，念起来像‘雷’。”

她发愁，不只是因为父母的强硬；她大可不管三七二十一先去了再说，其余的麻烦回来再处理。但这个想法太疯狂，不顾一切地去北欧，就不会有足够的钱让她在英国留到毕业。她不确定，就算自己向他们伸手拿钱，当初就不喜欢她念设计的父母会答应吗？

她也意识到，自己这样去一个星期北欧，跟他上次过来有什么分别？她还是要回来毕业，而等到签证结束的那一天，还不是一样要滚回国？

带着小黄标的食材，一到家就被她投入冷冻室。因为食材将过有效期，扔进冷冻室就好像让它们进入冬眠，试图延缓那新陈代谢的过程。她21岁，也是活到了该知道一切都有限期的时候了。但她又不服气：到期的面包明明还可以吃，放入冷冻室过期好久的蔬菜抖落冰霜之后仍然水灵得就跟当初买回来一样。定义限期的那个数字，到底是凭什么计算出来的呢？家里给的三个月限期，去北欧的一个星期，她要把它们统统扔到冷冻室里，把这一小截时间过成半年，一年，甚至永远。

她突然明白，她需要的不只是旅费，她需要时间。为了得到时间，她冷静下来，她不能急，必须有耐心。时间就像需要栽种一样，你要先拿出一点时间埋下来，它才能长出更多的时间。她 21 岁了，终于明白人生很长。她不是当年 12 岁的小丫头，再不能手上有多少钱就马上花掉，再不能今日不忧明日事。

她一口气取消了所有预订："我不来了。"

"如果是钱的问题，你不用担心。"雷安慰她，因为他现在的工资加上一定的存款，用来支付她的路费和生活费虽然可能有点肉痛，但并不是太大的问题。

她知道他是出于好意，但她怎么能容许别人再次用钱支配她的人生，即便是雷也不可以。

雷见她没说话，以为她要面子，于是想了个台阶："你也不用觉得是在花我的钱，如果我们结婚的话，不管是钱还是签证的问题，都好办。"

她也觉得在理，但是她绝不能在这个时候说好。

他们不是没聊过这个问题，但彼此从来没把话说开。她可以申请旅游或访友签证过来，然后在期限之前找到一份发签证的工作；还有一个更稳妥的选择，双方也都意识到了：结婚。她没提过，是因为婚姻不在 21 岁姑娘的议程里。假使她现在必须结婚，他一定是唯一的对象。问题是，她还没准备好与人共享自己的人生；又或者，她只是不愿承认，她不想这么随随便便就把自己交托出去。他随口假设的"如果我们结婚"，怎么能算求婚呢？她谢丹蕊绝对不是一个对方甚至不必单膝跪下，打开戒指盒就能娶到的姑娘。但那个感人的画面，需要她亲自踏上北欧的地面，来到他的面前才有可能发生。

没日没夜地做着衣服，她没有时间打工挣钱，唯有更努力地搜寻小黄标才能省下钱来。那从一种可有可无的乐趣变成了救命稻草，而且成为她生活里唯一没被简化的活动。她每天都觉得很疲惫，渐渐地连饭也不再做了，直接买冰柜里的三明治。原来雷一直爱吃的冷食，对她来说是即便是在初夏还是这么难以下咽。但就算丹蕊喜欢来之不易，这种艰辛还是跟她以前想的不太一样。

她很久之前一直想吃的太妃蛋糕从来没有降过价，她每次在冰柜拿下带着小黄标的蔬菜水果之后路过它，都会抬起头——那蛋糕总被放在高处的架子上——久久地看上一眼，好像在那注目礼中，她就已经把蛋糕拿起又放下了。她必须等，等到蛋糕的保质期来临才吃得起。

她有一天忍不住伸手到太妃蛋糕的背后把它推出来捧在手里，不甘心地看了眼保质期，失望地确认它还有四天左右的有效期。也就是在那个瞬间她灵机一动。她迅速扫一眼旁边的货架，手轻轻一拨一扔就把它藏在了存货满满的酸奶背后。第二天她早早地来到超市，当然蛋糕已经回归原位，她也无法区分这个有效期一样的蛋糕还是否是她前一天藏起来的那个，但都没有关系，她再次把其中一个蛋糕藏了起来。她有意识地换了个货架，这次藏在了果汁堆里。只要每天有一个蛋糕能成功地躲过那个想要买它的顾客，等熬到了保质期，她就能从热腾腾的贴小黄标签的机器下把最后剩下的蛋糕接过来。这么得意扬扬盘算着的时候，她也感到了一种鲜有体会的心酸。

她此刻的窘迫跟雷所预料的也不一样。丹蕊从前再有小聪明，也不过把人生的艰辛当儿戏，而如今却变得过分执着。当她眉飞色舞地向他解释这点小计谋的时候，他只是觉得，原本的 Danry 去哪儿了？

但这句话，她并没有听见他亲口说出来；反倒是因为她为了节约成本，把毕业设计化简，导师看到她一反常态，也问她："为什么是这样的？从前的 Danry 去哪儿了？"她觉得自己就像急匆匆的旅人，为了行动迅速而轻装上路，连自己都忘了带上，但把自己落在了哪里，她也答不上来，就好像是落在了想象中北欧无尽的海里，捞也捞不回来。

她成功地等到了蛋糕的保质期来临，十拿九稳地走向刚刚打好新鲜小黄标的太妃蛋糕，却眼见着一只长手臂飞快又轻地把它顺走。她记得这里的人按理说都不会这样拦截，正想看看是哪个新来的不懂规矩，却迎上一张看起来熟悉的脸。

那种熟悉一开始带着些误导，早于看到那张脸孔之前就像气味一样散发出来。她先看到他的黑大衣，心头一颤，那个短短的半秒钟被她无限放大填充进了所有的想象：他才刚走怎么又来了？怎么没告诉我？是惊喜？是来找我，是要跟我留在英国？难道说，是要提结婚的事？结婚还是太早了，不过他专门跑这一趟，似乎不能断然拒绝他？他若是这么有心，我不妨也可以考虑一下？可能他还准备了戒指？ 21 岁其实也是法定结婚年龄，反正国内也有朋友领证了……她想得一股热血冲上脑，在这短短一瞬间里就做好了人生中最重要的决定，只要他提结婚的事情，她就二话不说答应了吧。

“你在干吗？”结果开口的那张脸比她想象的更熟悉，却像一头冷水从头浇到了她的脚趾。她向来没觉得自己跟锦添长得相像，此时面对面站着却第一次感到了那种照镜子一般的寂寥，他就像一面镜子，镜子的那边并没有他人。

“你怎么会在这里？”她以反问掩饰自己的误会，“你不是在剑桥？”

“我交完论文就来伦敦了……”他顿了顿又补充道，“来找工作。”

“什么时候来的？”“来了半个月了。”“你住哪儿啊？”她微微皱了皱眉，“怎么来这么久也没告诉我……”“我不是给你打过电话？你都没给机会让我告诉你。”

其实锦添问她“你在干吗”并不是看穿了她的心事，而是惊讶于她想都没想就伸手去拿带小黄标的蛋糕：“这个快要过期了啊。难道你没看见吗？”“我知道。”她说着便伸手从他手上夺回，“所以我才要买。”“怎么，是你家有老鼠要买回去毒死它们吗？”他看着特别认真的丹蕊就忍不住开了个玩笑。“你家才有老鼠，我要存钱去北欧。”

她不觉得丢人，反而为自己感到骄傲；她也不怕他跟父母告状，或说她潜意识里正是希望他这样做，好向他们宣示自己的不从。

在洗衣机修好之前，她赤手搓洗，突然觉得湿毡制衣很迷人。一缕一缕松散轻薄的羊毛，只要铺好在肥皂水里坚持揉搓，就能那么紧密地粘连在一起，这多像她现在在做的事情，这里那里揪一点的钱和时间，都是为了拼凑出一个紧实的漂亮的未来。

“我要去北欧。”在她的毕业设计大功告成的那一天，她终于可以这样跟他说，像上次一样直奔主题。短短的五个字一句话，所有的准备却一点也不轻松，但没关系，她觉得值得，她等来了。

“好。”他同样简单地回答。

“我过几天就去办签证，再发给我一次邀请函吧。”

“好。”

她的签证费也是东拼西凑才凑齐的。她发现光靠省钱省不出几个钱。衣服一做完，她立马去了喜欢的服装店当临时工。当她扣上黑西服，系上黑皮鞋的鞋带，她就总觉得在镜子面前看见自己变成了雷。

丹蕊对每件衣服的价格记得很快，一天的培训下来就能记住大半。偶尔搞活动的折扣价，连全职员工每次都依赖计算器去算，她是在收拾衣服停顿个一两秒的空当就可以心算出来的。她有时候会教外国顾客怎么样拼单可以拿到最大的优惠，在这一点上外国人确实没有中国人精明。这半仰赖丹蕊省吃俭用的经验，半源于她还仅存的对数字的天赋。“Danry，你真的不是学会计的吗？”会计，跟设计只有一字之差，听起来好耳熟，仿佛是她若不读设计就会拥有的另一种人生。好像是初中的时候，数学老师夸她聪明，她的父母虽是得意却不以为然——数学好，顶多也就只是个好会计而已，还不是为别人数钱。那时候每一门学科仿佛都对应了某一个特定的职业， 只是人的梦想那么多，学科就只有寥寥几个，她至今都想不明白，像她这样要寻梦的人们，应该要怎么办才好。

身边的同学都在陆陆续续变卖生活用品收拾东西准备回国。她也跟朋友一起在网上卖了些家当，把人台，甚至床垫上的褥子卖了，大家也就理所当然地以为她马上要回国。没人知道她每天躺在劣质床垫上——自从卖掉了价格不菲的床垫之后，她又翻出房东留下来的床垫来用——摸着硌硬的弹簧就像摸着一排排冷冰冰的肋骨，那个时候她的心里到底在打什么算盘。

她不知道怎么打开那个“遇到紧急情况时击碎玻璃”的存钱罐后盖，眼睁睁看着曾经嫌弃的几十便士一两镑零钱塞满罐子却拿不出来。就差零头了，她不想等了。她不知道哪来一股力气把整个塑料的存钱罐摔在地上，零零碎碎的硬币从裂得吝啬的缝隙里漏出来，她被自己吓了一跳。破裂的存钱罐有一种破釜沉舟的悲壮，因为它只能被砸碎一次，不能重新密封再次把硬币收藏好。她回过神来之后还是蹲下来一点一点地把硬币数好，放入第二天签证的拉链袋里。

在跟雷惯例视频聊天的时候，他的视线越过她看到了空荡荡的房间。以前她的房间布满北欧式的装饰，就算再简洁，这房间也不是空的。现在那种感觉就像习惯了看一个人穿着衣服的样子，突然看到他的裸体，反而感到陌生。他从来没想过那其实并不是她真正的家。那她真正的家是什么样的？中国那么大，它又在哪里？他也从来没有看过，甚至没有设想过，她一无所有的样子。他可能也不是在意她一无所有，只是在意这一无所有把她变成一个多么陌生的人。关键是，他不明白她这么做是何苦，不过是来一趟北欧，按照现有的条件来计划不就好了，为何要落得如此狼狈。

"我可以去拿签证了！"她在短信来的时候第一时间告诉了雷。

"好。"

"我明天就去，拿到就告诉你消息，希望能成。Fingers crossed（祈求好运）。"

"好。"

"你想说点什么吗？"

"如果觉得很困难的话，我可以跟你回中国。"他说，"我可以到学校里教小孩子英语。"

"不会，签证到期了我就再签。我申请了延期毕业。"

"延期？"

"是的，我跟导师聊过，我们都对这件毕业作品不满意，我说，再给我一点时间，我可以把它做得更好。"

"可你已经把工具和材料都卖掉了，不是吗？"

其实她心知肚明，所谓"再给我一点时间"并不会让它变得更好，她知道不会有机会完成这件衣服了，因为她会用这段时间想尽办法在北欧留下来。

她半分钟的沉默就让他明白了："你疯了吗？！你会毕不了业的！"

"不管怎样我不会回国的。"

到这时为止，雷觉得她已经走得太远太远了，她丝毫没有意识到这样会付出多大的代价："这样的话，我宁愿你不来。"

"可是，上个月你才说过为了我来，我们可以结婚，怎么现在就宁愿我不来呢……”她不知道，婚姻对他来说又算什么呢？他有将近十个兄弟姐妹，但大部分跟他都没有血缘关系，是父母离婚后继父继母各自的孩子，都已经长到了十几二十岁，突然就在一夜间跟陌生人成了家人。他们坐在沙发上面面相觑，彼此都明白所谓的结婚不过是这么回事。她深呼吸：“你还想见我吗？”

她并不明白，这跟婚姻没有关系。他只好在电脑前双手抱胸，没摇头却耸了耸肩。他用她熟悉的方式，了结了她。

丹蕊还是去了签证中心，不管怎样她都要把护照拿回来。当她打开信封时，觉得就好像在打开卜卦的签文一样。要是没有拿到签证，她也就认了；但摸着贴得漂漂亮亮干干净净的申根签证页，她不甘心。英国签证只剩四个月有效期的她，连申根都没有拒绝，他凭什么拒绝她？

她坐在从签证中心回来的火车上，拿出手机把签证页拍下来发给他，然后把手机贴在掌心等待回复。反正她什么都准备好了，为什么不冲到北欧直接敲开门？她翻了翻雷的相册，想去认认那扇她连见都没见过的门，结果却看到他刚回生母家看望了继父一家，照片里全是脸盲的她认不出来的雷的那些直到二十岁才多出来的兄弟姐妹、没有血缘关系却个个金发碧眼五官锐利的男男女女。丹蕊觉得自己跟他们是那么不一样。

她也想起小时候有一次，她在火车站发现父母并没有如愿带她去北方，而是把她哄骗回了乡下，便大闹脾气赖在车站不肯走。那时妈妈走开了去买水，只有爸爸在她旁边。他对这种哭闹有他自己的一套应对方法，不哄也不打，甚至不慌也不乱，默默低头掏口袋。她觉得莫名其妙，愣在原地，泪珠还挂在眼角：“爸爸，你在做什么？我要去看雪！”爸爸没抬眼看她，兀自倒腾，只冷冰冰地说：“我找相机，要给你拍照，让你知道自己现在到底有多难看，大家都在看着你。”

这个记忆中的场景让她就像被当面泼了一盆冷水一样打了个哆嗦，马上醒了过来。

夏天对于大多数人来说都是个开心灿烂的时节，对北欧人来说更是短暂稀罕又让人心情愉悦的季节。但对于丹蕊来说并不是。因为天气变热，她必须一件件褪去身上的衣服，她觉得就像一点点地失去。

车外下着无声的雨，雨水随着被破开的风从车窗玻璃横着划过，先是像一个女人躺着时从眼角流出的泪，一路曲曲折折，沿途又再经破碎，直到碎得不见踪迹；后来雨越下越大，划过玻璃的那条水痕就跟一条大动脉一样源源不断地滚着跳动着，贯穿整节车厢，只是不知道要流到哪里，心又在哪里。

她的掌心感觉到微微震动。她擦了擦眼泪接起电话——不知道为什么，每次在她需要奇迹的时候，出现的那个人总是她自己的影子——“在哪里？晚上来我这吃饭吧。”她听到锦添的声音就想说不去，但他马上补充道，“朋友送了我一条新鲜三文鱼，刚死的，还没剖开，我不知道怎么做。”她想说她也不知道，但她又骗不了自己。挪威的三文鱼她早就研究过了。她知道要怎么做，要去鳞剔骨，鱼头拿来煎，鱼腩抹橄榄油撒些许香草裹以锡纸放入烤箱，一步接一步，如何把一尾已死之物变成一道佳肴，她是一瞬间就可以想清楚的，只是她终于隐约感觉到这当中的残忍了。

“明晚吧。”她对锦添说。直到她回到家，手机都像一条死鱼一样沉默。窗外纵使一直雨下不停，却连一个雷都没有打。原来沉默也是一种回答，只是需要花上加倍的时间才能听见，才无法否认，她的没有听见便是听见了。

第二天是丹蕊的毕业秀。在后台，那些她用湿毡做的毕业作品悬挂着，那么孤零零地等着，匆匆来往了好几次的模特总有一次能把它们换上身，此时像是不知从谁身上褪下的一层壳。

前一天晚上，她拼了命地补救原本已经打算放弃的作品，就像料理一条死去的鱼一样细致。它们跟衣柜里的其他衣服加在一起，几乎成为她在出售所有用品之后仅存的东西了。没有了顺手的工具，没有了匹配的材料，她东拼西凑，只能说凭的就是一股拗劲、一种不甘而已。她不知道导师会不会让她顺利毕业，但还是带着不完美的作品来了。

离它们上场的时间越接近，她便越发觉得耻辱，无法面对，唯有迁怒于衣服——什么闲置的工具家居品都好卖，就是自己的衣服最不好转手，就算是这些全新的毕业作品，因为湿毡形状固定，对身形有很多限制，款式夸张，就算要卖也未必有人买。她甚至怨恨衣服本是可憎之物，感叹人的可悲——自己的皮毛已经退化得完全不能御寒，亚麻棉花都觉不够，只能依靠不断地扒拉其他动物的皮毛做衣裳。就算看起来跟艺术品一样，那毕竟是曾经长在牛羊鸭鹅狐身上裹住一层层茂密的血管和浓稠脂肪的体肤啊，就像扒了别人的皮披在自己身上，她想到这里就感到一阵反胃。但许许多多的人就凭借这一层皮来判断一个人；当她做不出这样好看的皮囊，谁还认可她呢？

“我今天，现在，在学校，毕业秀，你来看吗？”虽是焦虑，但她眼没有花，手没有抖，清清楚楚地把短信发给了锦添。同学推推她的肩膀：“快到了。”她把手机放下，就忙得再没机会拿起来看了。

她不知道他到底会不会来，也不太明白自己为什么会想叫他来。可能只是为了证明，就算是难看了些，自己的梦还是完好的。

她在人群中一下子就找到了他，他按下快门的时候她便看见了那一道闪光。她想，忘了提醒他关掉闪光灯了。这让她联想起火车站爸爸低头掏相机的模样——因为对他举起相机的那个瞬间，不知道为什么她总是记不起——不过奇怪的是，此刻她并不觉得羞耻或尴尬。观众嘉宾大多已经放下了相机，虽然不一定都在交头接耳，但他们的眼神都暗淡无光，她知道他们走神了。原来，这些因为穿着金丝戴着珠宝，连在黑暗中轻轻一抖都闪闪发光的人，是连难看都不会在乎的。她甚至可以想象，她的作品顶多成为他们秀后餐间一句简短又刻薄的批评，用来平衡他们对另一些作品的赞誉，并随着同时入口的美酒从他们的鼻腔中挥发殆尽。

于是结束之后她没有去庆功派对，她觉得还不如去锦添家做鱼，至少在那里，可以再尝试成功。

锦添住的公寓是政府为住不起房的人建的，普普通通一栋楼居然住得还挺热闹，因为屋内空间都很小，每户大概也住着超出计划中的人数，而走廊窄得两人若是迎面走来必须有一人侧身才可通行。原本住不起房子的人，靠着收来的租金可能住上了比这更好的房子。

留了一夜的鱼，锦添不想放冷冻室，怕影响口感，便用冰镇着。当他把镇着鱼的冰大块大块扔进洗手池的时候，随口问道：“什么时候去北欧？”

丹蕊笑了一声：“去北欧干什么？去买冰块吗？”这一笑让锦添愣住了：“你在说什么？”

“是真的。你知道吗，在发明冰箱之前，冰是很奢侈的。不知道那时北欧的人会不会觉得这是个笑话：对于他们来说稀松平常的冰，英国人居然不惜出动浩浩荡荡的一支船队跨过整个海峡带回来。

“自从发明了制冰的方法之后，冰价就暴跌，整个贸易都崩溃了。曾经像宝石一样昂贵，又比它们更脆弱的冰，不只是轻轻用力就会捏碎、连捧在手心都会融化的冰啊，现在就算没有声音不留痕迹地消失都不会有人在意了。”她顿了顿，“也没人再为了一块冰而千里迢迢跑到北欧了。”

“你到底在说什么？”

“我以前也有一盏跟你这一样的台灯，为了去北欧我把它卖了。”她把头从灯前扭过来看着他，瞳孔里的光芒也就消失了，“但是，我决定不去了。”

“为什么不去？”锦添条件反射地问她这个问题，但却轻轻一颤，仿佛也让这问题戳伤了自己。

“不就是海吗，海，哪里都有。”她想显得轻松便耸了耸肩，“你不也没回国嘛。”

突然，她意识到些什么：“不对，不对……你怎么不赶紧回去，还在这里监督我干吗？”

锦添明白她终于猜到了。几个月前在超市偶遇时她早该猜到，或者至少是该去问的。锦添钱包里失踪的合照，社交网络上悄然解除的关系，在这个没有秘密的世界里，她怎么都忽视了？“她不再愿意等我，我为什么要回去？”他这话问得不像反问，倒像是一个真诚的提问，好像很想从她这里讨到一个有分量的答案，唯有带着这个答案，才能理直气壮地回到某个人的面前。

她正是意识到了这一点，又确确实实找不到一个可以拯救彼此的回答。她说“对不起”的时候能看到锦添叹气的样子和他掩藏不住的失望。

“你不一样了。

“当时你偷换了学校也要去读设计，你那么执着，谁又真的舍得让你梦碎？今天虽然不知道你为什么要去北欧——反正我知道有很多事情都是一股血涌上脑来的冲动——但既然是你拼了命、连吃过期食物都要去的地方，谁都默许了。然而为什么现在的你，就这么随随便便放弃了，不管是谈到做衣服还是去北欧，眼里一点光芒都没了呢？”

他抬手一指：“那盏灯，你觉得看着眼熟是吗？”他背过身从房内拖出一箱杂物，从前独占她窗台、柜顶的东西就被这样整整齐齐收拾在大纸箱里，她还能隐约看到无法完全塞进箱子的人台。

从前把这些东西卖出去的时候，她连眼都不眨，谁能想到今天当这些东西辗转回到她面前的时候，她却觉得失而复得，爱不释手——每件物品原来都那么深刻地烙着她的印记。那个人台还残留着她不小心泼溅的茶渍，当时在做的那件服装也险些遭了殃。天哪，她怎么会动过这样可怕的念头，甚至要把自己的毕业作品贱卖出去？

“都是我托朋友从你手里买过来的，直到我这儿放不下。妈妈托我留心你，她知道你账户里应该没多少钱了，又知道你的性子，不敢直接问你。自由自在想怎样就怎样的生活，你可以挥霍，可以不珍惜；可是，你该醒醒了——你以为是自己赢来的生活，其实全部都是别人牺牲自己的梦来成全的。以前你可以不知道，但你已经21岁了，也毕业了，还要任性到什么时候？所谓的完全属于自己的人生，从来都是不存在的。”

她嘴里含着一块饮料里的冰，咔嘣一声把它咬碎了：“所以，你也尝到了梦碎的味道吗？

“不过，我不是来教训你的，也不是要逼你回国。路是你自己选的，而我来，是要把谢丹蕊还给你。”

在回家的路上，有突如其来的雨。丹蕊没有一点准备，三层的衣服瞬间被淋得透彻，又因为湿润而紧紧地贴合在一起，再也没有层次。

如果说，什么样的风景最令人伤心，她觉得大概就是像现在这样了。

天上的叠云突然就褪去了那像贝壳一样的光泽，对面楼的玻璃不再泛着耀眼夺目的光，空气也开始变得凉薄，天色忽地一沉，雨便毫不留情地冲刷下来——世界不知不觉不闻不问就变了，也不知这雷雨闪电都是从什么时候就酝酿好的，又是如何一直藏在碧蓝见底的天空里无人知悉。

她没有停下来躲雨，而是捧着大纸箱一路向着家的方向小跑。说实话，重新拥有这箱东西，她便能找回以前那个自己吗？她不知道。她想到了雷。他就是那种人生永远在不断向前的人，像做化学实验，为失败的结果写一份报告，在人生的清单上画掉一个没有出路的选择，然后重新规划下一个实验。她知道不管那是什么，都不会有她的存在；反过来同样的，在她的未来里，再也找不回那早已熟悉得仿佛真的去过的北欧的海。

就算大雨已经罕见地绵续了半晌，这路上的雨水并不能积成一片海。她幻想这座城市的地下一定有个灰浊带沫、汹涌澎湃的海。雨中每人都不过是一件衣服——各式各样、能水洗不能水洗的衣服——都像他们脸上的表情那样皱巴巴湿淋淋地拧成一团。这城市像极一个巨大的胃，把一些什么在翻打搅腾之间一同消化，排进了灰蒙蒙的海里。

D a n c i n g

舞

Illustration/ 夏无觞

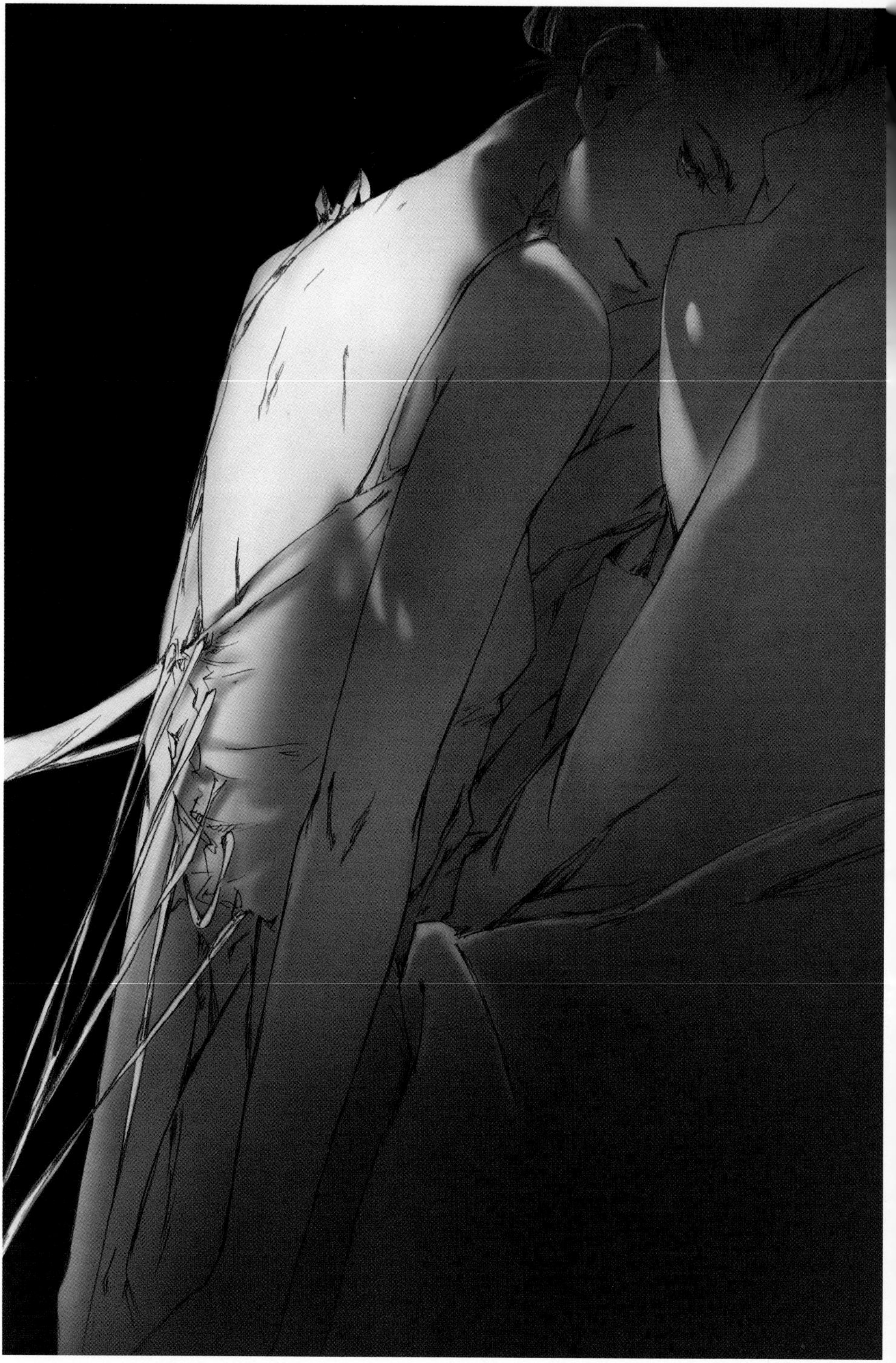

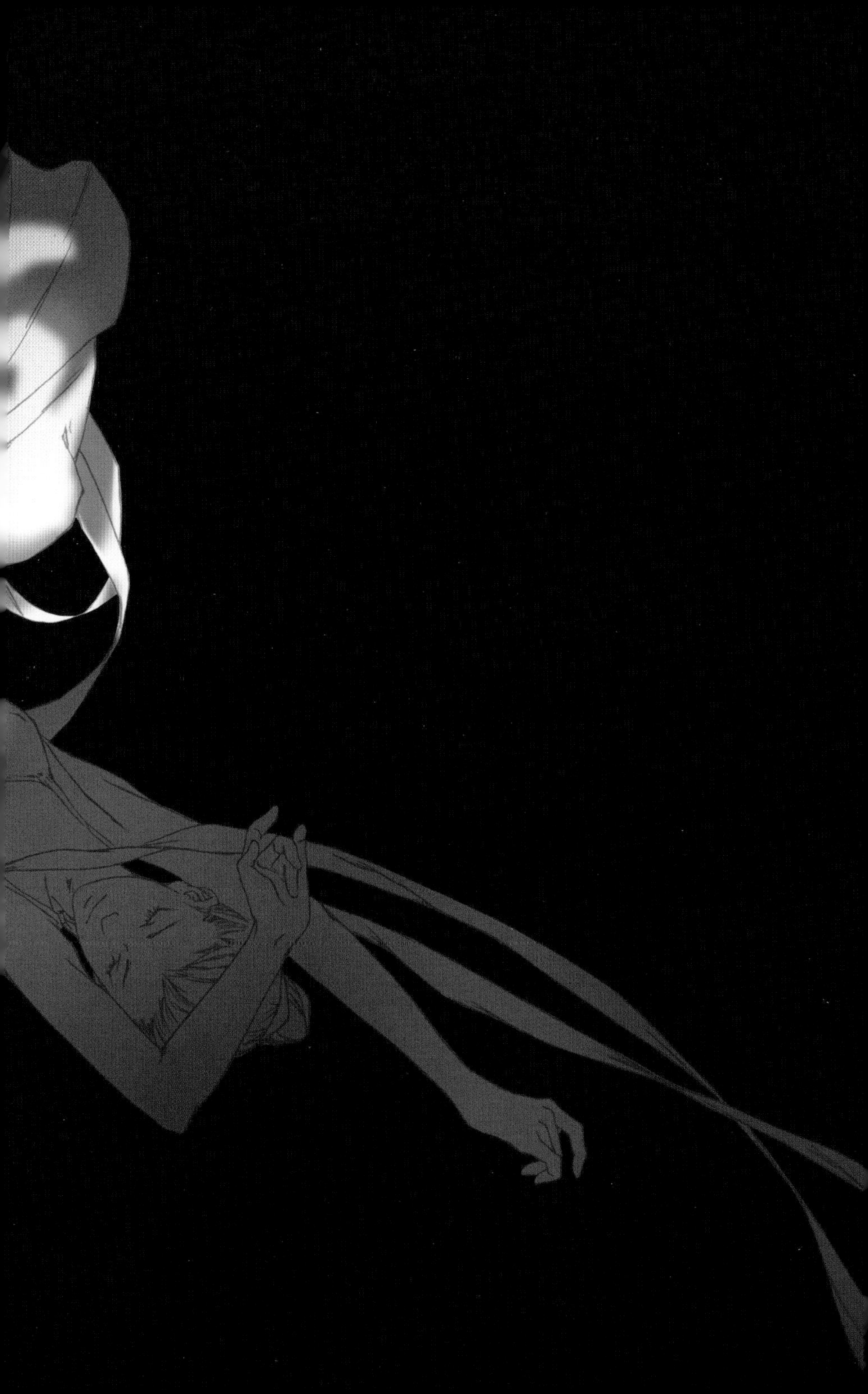

Stars Journey

BUS

BUS

雪国之晓

文 / 朱熙

Illustration / LittleThanks

1.

巴士平稳行驶在崎岖的盘山公路上。疾风挟着暴雪，不遗余力地击在窗上。

车窗玻璃蒙着一层雾气。日光渗过雾气变得散漫，外头那片纯莹的白也因而模糊，几乎分不清哪里是平坦的原野，哪里又是被大雪覆盖的密林或山坳。往更远处眺望，天地的界线亦难辨。我忍不住摘下手套，擦了擦窗——玻璃水雾太过冰凉，只擦出巴掌大的、足以张望外头景象的小窟窿，便停了手——刚把眼凑过去，因积雪映照而过于明亮的视野倏忽暗下。

轻微耳鸣。好像冷不防被谁蒙住了耳朵。

巴士突然驶入隧道。

光线的转变不过瞬息，以至于眼前有一瞬如失明般的昏黑。隧道并不长，犹如声与光在伸手不见五指的寂静世界中一点点苏醒般，我见那代表着隧道出口的微亮斑点逐渐靠近；风声和光亮一起呼啸着灌入，轰隆却渺远。

巴士驶出隧道的那瞬间，我无端想起了非常应景却也不合时宜的句子。

“穿过县界长长的隧道，便是雪国。”

“夜空下一片白茫茫。火车在信号所前停了下来。”

川端康成《雪国》之首句。在日本，似乎是人人熟读成诵的名句。

遗憾的是，川端康成笔下的“雪国”，与北海道没有丝毫关联——即便从字面意思看来，这个句子再适合此情此景不过——真正的川端“雪国”，指的是新潟县越后汤泽温泉，文中所言“隧道”，则是1931年开通的清水隧道。旅日作家李长声老师写过名为《只说〈雪国〉第一句》的随笔，议论了此句原文“国境”及汉译本“县界”之差别，“新潟与群马，古时候那里分别有越后国、上野国，国境上横亘着三国山脉，不叫县界而叫国境”，认为汉译“县界”有损“雪国”庞然寥廓之形象。

我尚未亲眼得见川端之“雪国”，不知越后汤泽是否真称得上一个庄严肃穆的“国”字。

但至少面前的北海道雪景，是不负那个字的。

冰天雪地。

好想用更加华美艰深的词语，但思来想去，仍然唯独它最最贴切。

透过窗，看见狂风卷起细沙般的雪片。望不见雪原边际，所以不知它们将会被带到哪里。

或许仍然归于雪里。

2.

北海道。洞爷湖。

在土著居民的阿伊努语中，“洞爷湖”意为“山之湖”。

破火山口湖，形成于百年前北海道西南部频繁的火山喷发。

亦是日本不冻湖的最北限。

去往洞爷湖，只因冲动。正值12月25日，圣诞当天。难得寒冬来到北海道，希冀一个完美的白色圣诞，可落脚札幌数日，却总见晴空万里，天气和暖与东京几乎无异。要有雪，去更荒凉隐秘的山里，或许有雪。执拗地这样想着，在依然干燥无雪的平安夜，把北海道地图展开铺满了酒店房间的床，对照观光巴士的运行时刻表再三斟酌。去定溪山温泉，又或支笏湖呢，再或者索性连对应汉字也没有的ニセコ（偶尔写作“二世谷”）呢——目光无意间落在更远的地方，偏僻的“洞爷湖”三字上。

相对其他地方，这三个字的组合更加熟悉。

因为熟悉，所以很容易地决定了。

就是这里。

从北海道的中心城市札幌至洞爷湖，交通其实并不算便利。每天只有寥寥的几班巴士，若要当日来回，更是只能乘坐清早的唯一一班。虽还是按里程计价，沿途停车，不断有当地居民刷公交卡上下，但对从始发站径直坐到终点站的我而言，这却与长途大巴无异了。早晨十点十分从札幌车站前出发，蜷在温暖的最末排，本想小憩补眠，却因沿途雪光过分明亮而根本难以入睡。到达洞爷湖车站时已近午后一点。

北海道纬度高，日落更早。风雪暂停，厚重云层悄然露出一道漏光的缝隙。那一道聚拢的、笔直的光束，犹如神赐般倾洒在水面上。问过车站工作人员，洞爷湖的湖中岛冬季封锁，乘游船还不如到附近火山的展望台俯瞰湖景。然而名为“有珠山”的那座火山距离洞爷湖颇远，若风雪再起，自展望台必定也只能看见雾茫茫一片。问清交通方式——打车亦可，乘坐巴士后徒步半小时亦可——生怕错过这转瞬即逝的晴朗，我向热心解答的车站小哥道过谢，匆匆出门，拦下刚好路过的出租车。

距离新年假期还有些时日，故 12 月 25 日尚属淡季。司机先生已不知空跑了几趟，有些困倦似的，强打起精神与我问好。听我要去有珠山，他双眼亮了些，忙问：“还回车站吗？”

我点点头。

“山脚下不好叫车——你大概几点下山，我再去接你好吗？”

不知暴雪几时又将来袭，若被困在山下，确实有些糟糕。说定返程时间与碰头地点，司机先生的态度更加热络，瞌睡虫跑光，与我聊起天来。话题无非寻常的“从哪里来”“还上学吗”“学什么专业”，我挨个回答过去。司机先生说到兴头上，语速快了，有时听不太懂，“嗯”“唔”“是这样吗”也能把对话继续下去。他提到也曾在东京读大学，学校还与我如今所在的校区颇近，只不过难以适应东京的生活节奏，一毕业就迫不及待地逃回了家乡。

“年轻时向往东京。”他笑着说，“去了东京，又想回来。”

“但东京也有好处啊。有很多好吃的中华料理——札幌也有。洞爷湖不多的。”

司机先生露出一脸向往（我仿佛还听见咽口水的声音），拉长了声音感慨：“好想吃到正宗的麻婆豆腐啊——”

不知该怎么解释“正宗的中华料理”其实不太吃麻婆豆腐，我忍住笑，只能应和一声：“是啊。”

洞爷湖水域比想象中更辽阔。出租车开了许久，仍未离开水畔。我不禁好奇，问：“这是内浦湾（北海道西南部与太平洋相接的海湾）吗？”

司机先生惊讶地从后视镜回望我一眼：“这就是洞爷湖哦。”

我傻眼。感觉被洞爷湖打了个措手不及。

司机先生笑得车头拐了个 S 形的弯。

稍许离题的，途中的小插曲。

开在空荡冷清的公路上，路口深蓝色的指示牌一闪而过。看清上头写着地名“壮瞥町”，心想北海道的起名风格真是与本州大不相同，说实话确实——不太好听。可随汉字下标注的罗马音读了读，惊讶地发现，发音竟似“送别”。心头顿生凄清寂寞之感，说与司机先生听了，他愣一下，摇头，答，“壮瞥”其实源于阿伊努语，“有瀑布的河川”之意。

原来是牵强附会了。赶紧闭嘴，颇觉丢脸。

开了十几分钟。即将到达时，司机先生又问：

“你三点就下山，还急着去哪里吗？去温泉街吗？”

其实不太好意思暴露自己来洞爷湖的真实意图。但拿着地图左看右看，怎么也研究不出正确的路线。踌躇片刻，终究只能老实请教：“麻烦问一下，您知道这里有没有——”记不起店名的日文发音，迟疑一下，“买木刀的地方吗？”

没抱太大的期望。

未曾想，司机先生竟露出一脸很懂的笑容：“《银魂》，对不对？”

有点脸红。

但好歹得到了答案，出售坂田银时同款木刀的“越后屋”原来就在湖畔的温泉街入口处。与司机先生约定回程直接到温泉街，下车，乘缆车上山。

岔路在山顶分向两边。右手边离得很近的便是洞爷湖展望台，往左，还要再攀爬数百米阶梯的，则是毗邻火山口的顶峰展望台。天色已有转阴迹象，赶紧先到洞爷湖展望台，匆忙拍了些照片。风更紧，颇犹豫是否还要冒险登顶，但终究觉得不服气，“来都来了”，咬咬牙冒着零星飘落且愈发凶猛密集的雪花小跑起来。零下十几摄氏度的低温，甚至更低，十指关节僵冷得几乎失去知觉，只能环起双臂把相机抱在怀中。爬到阶梯中段，险些被骤起的狂风掀了个倒栽。

总算爬到顶峰的展望台，已经搞不清雪片究竟是糊住了眼睛，还是糊住了取景器。凭直觉啪啪啪连按了百来张照片——太冷了，记忆不甚清晰，也或许只有几十张——然后赶紧冲回缆车站，下山。出租车已等在约定地点，我一头扎进车里，很诚挚地由衷感叹一声：

“……好冷。”

司机先生回以大笑。

“买《银魂》木刀的店对面就有不错的足汤。不过，可别急着把冻僵的脚直接泡进去哦。”

3.

在 20 岁来临以前，对未来曾抱有如今想来近乎天真滑稽的恐惧。

害怕落单。

害怕一个人吃饭，害怕一个人逛街，一个人坐在漆黑的电影院里明明没有被任何人注视着却也觉得丢脸。最最深切地害怕着的是——如果到时候还没有恋爱，又该怎么办啊。

独自出门旅行什么的，更是想也没有想过。

而这种恐惧是从何时开始消散，以至于消散殆尽的呢？

是 21 岁吗？

记不太清了。

仿佛是从 21 岁起，落单的场合，开始有了名为“不得不”的前缀。起初彷徨，渐渐却又觉得，仿佛一个人做许多事情，也没有什么不好。从 21 岁起，天南地北的，居然也去了不少地方。有时两三同伴，但更多时候一个人。带着三脚架，把自己形单影只的样子框进中意的风景里，也时常觉得麻烦，便懒得留下任何纪念照。可以一边念诵《雪国》的名句，也可以立刻扭过头去寻觅坂田银时的木刀，文艺病与中二病交替发作，开心自由。

有什么不好吗？

极北的冰雪之国，天黑甚早。我扛着笨重的木刀，站在洞爷湖畔的车站等待一辆开回札幌的末班车。风雪稍歇，无意间抬了头，看见璀璨星河悄悄地，从浓厚阴云的罅隙中显露了身形。

“待岛村站稳了脚跟，抬头望去，银河好像哗啦一声，向他的心坎上倾泻了下来。”

无端地，就这样想起了《雪国》的末句。

银河好像哗啦一声，朝我的心坎上倾泻了下来。

东京火星

文／酥糖

Illustration / LittleThanks

1.

从北京飞往东京只要三个小时，缩得小小的世界地图上，不过一根食指的距离。

但是那个时候，东京这个词听起来和火星一样遥远，而办起签证来，更麻烦得像在履行一套神秘的仪式。

那一天，终于走到了仪式的最后流程，惴惴不安递上一片空白的新护照，盯着海关公事公办地盖了章，又茫然地跟随一行人坐上了飞机，他们熟练地叫空姐上了几罐啤酒，游刃有余，令人羡慕——只有我一个人紧张得坐立不安，好像下一秒就会撞见阿拉斯加的鲸鱼。

21 岁，第一次的海外旅行。

什么也没在期待，又好像在等待着什么。

2.

回想起来，一直以来的人生只能称得上普普通通，念书、上学、追追喜欢的偶像，例行公事地过着日常每一天。

中学时期是正宗的丑小鸭，短发，矮胖，裹着长辈挑选的不合身的土气衣服，暗恋的男生曾经认真——而且是那种不带恶意的认真——地跟我说，真丑啊！

总也忘不掉这句话。

青春期过后，总算长开了一点，但依然很自卑，而且自卑得有根有据：腿不够长，皮肤不白，眉毛太浓，眼皮太单，五官寡淡，头发毛糙……照镜子时，永远能数出一百零八个不好。但碍于自尊，又不想承认确实与“美”这个词无缘，心里的某个角落尚存一点小自恋：也许某个角度看起来算得上可爱？

自卑的人总免不了疑神疑鬼，与别人相处都像刺猬，不管示好或者被示好都别别扭扭，怀疑别人别有用心，其实又能“别”到哪里去呢？但是，刺在心里，不肯收回，只想躲在硬壳里自伤自怜。

那一次去日本交流旅行，形形色色十几人的队伍，队里公认的男神暗恋着女神，对，就是那种漂亮得像混血、鬈发大长腿，和我构成反义词的女神。连我也觉得，这两个人才适合当爱情故事的主角，哪怕暗恋或者小小的暧昧都赏心悦目。而我呢，能做的只有站在安全的地方，远远地张望几下：我的命中，越美丽的东西我越不可碰……

是了，哪怕长到了 21 岁，都还是一只没逃开青春期噩梦的灰暗的墙角生物。

然后，到了东京的第二天，这只透明的墙角生物落单了。

3.

大部队开去了另一个地方。在宾馆里茫然了半天，最后决定索性去旁边的明治神宫看一看，于是就一个人根据指点，走进了那感觉不到都市气息的、幽静的森林深处。大概是工作日的关系吧，一路上没有什么游客。慢慢地，落起了雨，山路两旁的绿色越显浓郁，一切都如同泉镜花的世界一般，好像下一秒就会出现什么妖怪，把你困在它创造出的永恒中……

好容易走到了殿里，鞋子已经全湿了，该祈祷什么呢？照例先祈福家人的平安，然后思考了很久，又加上了自己的恋爱——不知道在哪里看来，这里求姻缘好像特别灵验。虽然“姻缘”好像还是很遥远很遥远的事情……

模仿着旁边本地人的举动，似模似样地合着掌，又拍了两下手，丢了钱进去。怕异域的神祇有语言障碍，还特地用日语嘀咕了愿望。

之后无事可做，就坐在旁边的长廊里看落雨。巫女们在小雨中依然不慌不忙地走着，衣装整洁且鲜艳。突然想在这里拍照留念，用不太熟悉的日语问着旁边同样安坐看雨的男性：“可以帮忙拍照吗？”

他略感意外地抬起了头，说：“好。”

4.

照片拍得并不好，逆光，整个人黑乎乎的看不清脸，罢了，也不是好看的脸。收起相机，不知道怎么就聊了起来。大概是因为我那奇怪的口音一听便是海外游客吧。原来对方虽然看起来稚气，但比我略长几岁，已经工作了。他说他平时休假，最喜欢来这边，在繁闹的东京，好像只有这里能安下心来。我并不太明白“东京”这两个字的深意，但也同意，这里莫名有一种安静而永恒的力量，好像一切负面的心思，都能被包裹着自己的这抹墨绿所化解。

他叹息着说：“东京真是很不容易呀……”

点了点头，伪装自己懂得。

他看了我一眼，突然问道：“接下来要去观光吗？我可以当导游。”

心里警铃大作。但又模模糊糊地觉得，喜欢这个地方的人，应该不是坏人吧。便说想去新宿看看电影。如果一起便一起吧，否则一个人，可能连电影院也找不到。

走下坡道的时候，雨又大了起来，两个人在树下避雨，一时又不知道该说些什么，不过濡湿外套的雨，也掩盖住了短暂的沉默带来的尴尬。好在国籍创造了无穷无尽的话题与好奇，我想着，也许是自己的身份引发了对方的兴趣也说不定，就好像和“国际友人”交流那样……

到新宿的时候，雨已经停了。白天的新宿陌生又平凡，不像影视剧里那样纸醉金迷。和他表达这个意思，却引发了一阵笑声。一起吃饭，聊到喜欢的乐队兴奋地指手画脚，原来有着相同的喜好。在商场里随意地逛着，文具店里一件件仔细看过来，发觉时已经过了一个钟头，急急忙忙过去和等待的他道歉，他摇摇头：“慢慢来。”

“不会觉得我奇怪吗？”

“不会啊。”

语气温柔到想要哭泣。

5.

几个小时的游荡后，最后的行程是去电影院。

去影院的路上忍不住心情愉快，原来卸下心防，和陌生的异性建立起友情并没有想象中的那么困难……然而他却露出些犹豫的神情。“我们这种感觉好像……”他摇了摇头，没有往下说。

我说，我只是因为有喜欢的明星，不用陪同。他又坚持要一起看，买票的时候把找回的零钱全部丢进我的手里："算是请一杯饮料啦。"

白天的电影院满是严肃的退休老人，不自觉皱起的眉头上是再明显不过的"公共场所请勿交头接耳"的标志。屏声静气小心翼翼地看完一部本该笑着看完的电影，走出深深地舒了一口气，该是告别的时候了。

新宿的霓虹灯已经亮了起来，灯红酒绿，终于变成了影视剧里见惯了的模样。往车站走的路上，他突然问了一个奇怪的问题："你有喜欢的人吗？"

不知为何，那一刻脑海里飘过的是同行的男神的脸，于是点了点头。

"我啊，今天遇到喜欢的人了。"

他抬头看了我一眼。

"可惜马上就要分别了。不过，说出来真好。"

说完这句话，他沉默了下去。

我的心里却好像有什么膨胀了起来，从胸口涨到了嗓子眼，堵得一句话也说不出来了。

到了站台，他终于又开了口："今天很开心，谢谢你。"

他的声音有种奇异的颤抖，令人感觉到一阵没来由的酸楚。

不敢去看他的表情。如果再也无法相见，那怎样的告别合适呢？还来不及思考出答案，他已经快速走上了电车，消失在了人群中。我只是呆呆地站在那里，目送着电车远去。

6.

无论语言相同或者迥异，我们都永远无法完全理解他人。

站在往台场的电车上，在陌生面孔的包围中，我只顾得上梳理突如其来的复杂心绪。

理智的声音告诉我，也许这件事情，对他的意义、对我的意义并不相同。也许他并非那么真情实感，也许他刚经历过别的……可是，我已经下定决心，我会为了自己的方便，擅自去解读这种好意。这是我的厚颜无耻和一厢情愿。因为，我需要这句话。

没有大长腿，没有可爱的妆容，没有华丽的鬈发，没有白皙的皮肤，也还没来得及做出任何改变和成长——原来，这样平凡无奇的我同样也值得被喜爱、被陪伴。

一直以来理解的“喜欢”的心情，多少带有一点痛苦，是狼狈，是心跳不止，是不知所措，是反反复复抑制不住地想要逃开又想在一起。但原来，喜欢也可以是平静，是愉悦平等的交流，是不会烫手的温柔，是无所欲求的陪伴……又原来，“被人喜欢”这件事如同魔法，可以瞬间释放一个纠结自卑的灵魂，带出无限的力量。

这些，都是因为他的一句话而带来的。

我突然也好想说那句话：

“今天很开心，谢谢你。”

7.

台场的大摩天轮闪着荧光，如梦似幻，感觉不到运行的速度，只觉得自己离地面越来越远，月亮越来越近，仿佛触手可及。

忍不住问自己，这样的一天到底算是什么呢？

对于 21 岁的我来说，这个问题和它的答案一时还难以消化。

只是隐约觉得，好像创造了一个会记很久很久……很久的回忆。闭上眼，心脏还在叙述着白天的经历所带来的悸动，再睁开眼，眼前的夜景都柔和温暖了。

东京这个城市突然亲切了起来。原来，并不是火星啊。

臆想之敌

文／黄小觉

Illustration / LittleThanks

1.

我一直记得那一晚，十商的父母突然在我们面前争吵的画面。

那是我第一次去十商家，对这种突然爆发的状况完全没有心理准备，头脑里搜索了一圈也没发现“登门拜访突发状况应对守则”这种解决方案。思维停滞半天，回过神后发现自己紧张到手心冒汗，但也顾不了太多，下意识地就去拉十商的手。

那时，十商的侧脸在昏暗的客厅里泛起诡异的光泽，接着我听到一声沉重的叹息。一点儿也不悲伤，倒像是一股疲惫感总算从她单薄的身体里潜逃出来。

我们从屋子里跑出去，直到停在天桥的尽头再也跑不动。夜风吹过耳畔呜呜咽咽搅得我心烦意乱，正发愁到底要说些什么，抬头却看到十商已趴在天桥的栏杆上，满脸虔诚地望向远方，唇角竟泛起一丝笑意。

于是这个画面在我的脑海里定格了。那一刻，她变成了夜色中微笑着的蒙娜丽莎。

2.

高中时我与十商并没什么交集，倒是在高考后的暑假热络起来。我们谁都想不起到底是哪个契机促成了这段孽缘，翻来覆去查看聊天记录也理不清前因后果，只好互相指责对方健忘症晚期，然后把原因归结为狗屎运。

之后见面的次数也是屈指可数。我和十商的学校分别位于这座城市的两端，十商笑说自己是被放逐的奥德赛，经年累月都无法和我团聚。我毫不留情地拆穿她，说她肯定花光了一日三餐连同交通费买了一堆漫画和动漫相关产品。她在电话那头哈哈大笑，爽朗的笑声足够我拌着白饭吃下三碗。

当然这最后一句话我从未告诉她。

与其说我愤愤不平不如说是有点好奇，我不懂为何这样一个明媚的人却拥有一个剑拔弩张的家庭。潜意识里阴暗地认为惨淡的经历就该塑造惨淡的性格，事实上十商比我想象得更加自由，她不仅能承受生活所带来的无常，同时能立马调整好自己的状态然后轻轻绕开。

而那时的我把生活看得还太简单，不过是上学放学翘课挂科这般琐碎平常。直到后来突然陷入到父母冷战的局面中去，才意识到自己遭到了命运的报复。对身边的人、事物都抱持着肆无忌惮的放松感，让我变成了迟钝的蜗牛。

那是大学三年级，21 岁。照理说已经摆脱了青春的稚嫩，但也并未成熟到能扛起突如其来的打击。虽然因为住校的关系只有周末才会回家，但短短两天却变得难熬起来。有时晚上做梦都会梦见十商父母和我的父母四张不同的脸交织在一起，兜兜转转也搞不清哪里是家。

3.

我很喜欢地铁稳健而有序的轻晃。经常会设想自己灵魂出窍飘浮在空中，有如神助般获得了透视的超能力，看着一节节车厢从城市的腹地呼啸穿过，人们脸上或兴奋或困顿的表情一览无遗。体会到钢铁也有温度，将寒夜微凉隔绝在外，于是人们心中那个叫作希望的东西就一直温暖无比。

坐上最后一班地铁去找十商。快到站时给她打电话，传来懒洋洋的声音：“哇，你怎么那么 high，半夜三更搞突然袭击啊……”紧跟着是一个大大的哈欠。

“没有啦，我只是——”话未说完，电话中断。几秒钟后换十商的来电响起，但接通不足半分钟，又一次失去信号。心中暗想着笑出声，果然要和奥德赛相见是要经历重重阻碍的啊。

然后脑海里又浮现起很多爆笑的经历，直到想起我们拔足狂奔的夜晚，那个原本在脑海中定格的画面并不是最终的结局。重新按下播放键，记忆从十商略带喜感的一声大叫开始继续向前。

“UFO 啊！”

循声看去，一团光晕果真在墨色里飘荡明灭。内心的屏幕被一万个大写的“WHAT”占据得容不下其他词，而此刻的十商早已飞奔远去。于是我也一路奔跑起来，就好像那才是我该有的指引。

4.

中学时总是因为自己出自单亲家庭而自卑。虽然心态很自私，但母亲的再婚确实让我松了口气。继父不能算脾气温和，我与他的关系又有些疏离，却也不想做出改变，觉得这种平淡的相处模式没什么不好。继父对我也并不苛责，尽力承担起一个父亲和一个丈夫的责任。

所以没法接受父母之间变得漠然。某个周末回到家，不知继父去了哪里，而母亲则在翻来覆去地整理房间。我看着她一边颤抖一边翻出各种早已丢弃的东西，猛然发现，原来母亲把它们全都藏了起来。

我又想起母亲曾经对我说，要我对继父的态度柔软一点，还说我和继父的自尊心都太强，很难放下一些东西。这些话是充满幸福感的人才能说出口的嫌弃。

怎么办怎么办。不能再继续想下去。脑袋里仿佛有电闪雷鸣，世界刮起龙卷风，闷得人快要窒息。

但能做的只是夺路而逃。

5.

至今我都没搞明白 UFO 是否真的出现过，毕竟第二天的报纸、网络、甚至是 CCTV 都没有半点消息。但十商却说，有没有被报道根本不重要。

她说这话的时候，我终于抵达她的学校与她会合。我看着她扫光了超市里所有的促销罐装啤酒，对着她大吼“我没带钱”。她一副惊呆的表情，结账时把口袋翻了个底朝天。之后她又用在她看来蹑手蹑脚，在我看来风风火火的姿态重返宿舍，顶着室友们的骂骂咧咧，从床上奋力拖起两条被子，拉着我就往宿舍的天台直冲而上。

但被子的力量根本无法与寒夜匹敌，我们依然被冻得龇牙咧嘴。我嘟囔着说这才初秋怎么那么冷啊，我一定是脑子进水了吧！十商不管不顾地把啤酒塞进我手里说一声笨蛋别废话，快点儿喝呀！我看着十商认真的脸庞觉得异常好笑，说你就不能换种方式抚慰我受伤的心灵吗？她却争辩说这明明极其治愈浪漫无比，紧接着又是一阵乱笑。

她的气息混合着淡淡的啤酒味儿向我袭来。近在咫尺，看到她的唇角翘起柔和的弧度。想起什么，又赶紧问她，如果 UFO 被报道的事不重要，那什么才重要呢？

“重要的是，我们两个一起，确确实实地看到了啊！以后我要在回忆录上写：某年某月某日，你和我，UFO 的目睹者！就好比今天的这一页，绝对不会被写成借酒浇愁，而会是：超市啤酒买一赠一，简直赚到！”

十商的话语消融在风中，却在我的心口停留住。四下无光，只有远处的几点星辰渺茫。我把脸靠在十商的脸上，体会到一种滚烫的真实。

6.

从来我遇到困难的第一反应都是逃避。不停告诉自己“反击”是这件很难的事情，然后像鸵鸟一样，把脑袋塞进沙土里。

而曾经的十商也像我一样。小时候的她会在父母吵架的同时玩儿失踪，以为这就能让父母变得着急而忘记争吵。可每次都是各家响起洗碗的声音，她都没等到父母把自己领回家。但她却并不因此而感到痛苦，反而每次都在同学家里看漫画看到忘乎所以。起初她还有点郁闷，后来意识到是天性使然，注定无法在“悲伤”这件事上太专心。那个出现 UFO 的夜晚也是一样，本该是悲剧主角，偏偏成了一名注意力歪掉的谐星。

十商形容这种性格的养成是长残后的产物。但这三年来看着她在我眼前跳脱搞怪没心没肺，我终于明白，原来在伤痛中还能快乐是种天赋异禀，堪比游戏中的隐藏技能。虽然我很想奋起追赶，但又不得不承认光凭现在的我拼尽全力还是无法获得。

“没关系啦。我会一直陪着你的。对了，我们现在就来写回忆录吧？”十商笑眯眯地戳我的脸。

“笨蛋！才 21 岁写什么回忆录啦！”我作势要去掐她的脖子。但她反应太快，已经尖叫着跑远了。

我们一起翘课，十商带着我跑遍了学校里所有我们想去的地方。无论做什么事情她总是比我快一步，而我总是在努力追赶。但这又有什么关系呢。这是属于我们的共同的 21 岁。

不必纠结于挫折将持续多久，至少有些事情毋庸置疑，比如我们依然会不咸不淡地活着，比如十商会像一团火焰般照亮我的前路，而我也终会在未来的某一天，能与她并驾齐驱。

7.

接连好几个月我都没有再回家，但会定期和母亲通电话汇报自己的情况，述说又看了哪场难看的电影，或者是室友失恋闹得大家整晚睡不好。直到这座城市下起第一场冬雪，再次接到母亲的来电。

她说，这个周末你父亲下厨，记得早点回家。

挂了电话，并没有多震惊。整个人只是感到前所未有的舒畅。

事实上我已设想过最坏的结局，无论怎样都想坦然面对。心里的龙卷风已经平息，不禁恍惚怀疑它是否曾经出现过。你看人总是过分健忘，也容易夸大任何一件事情对自己的影响。也许从头到尾，是我亲手将它膨胀成了我的臆想之敌。

当它向你汹涌袭来之时，正视它吧。就算它终会将你压垮，那么在灰头土脸站起来之前，指着它的鼻子嘲笑它又有什么不可以？直到它消亡殆尽多年后，我会记得我跨越整个城市去找十商，记得超市的促销啤酒，记得十商大声说要写回忆录时，那张微微泛红的脸。

但就是不再记得它。

如果你听见我的心

文 / 辜妤洁

Illustration / LittleThanks

0.

“为什么有些人看起来总是很轻盈？”

“因为重的部分都沉下去了。”

1.

21 岁那年冬天，人生像被谁恶作剧似的搞得一团糟。

在此之前，因为专业成绩排名第一又有获奖经历，导师告诉我保研名额十拿九稳。大四之前的假期在一家做电子产品出口贸易的公司实习，毕业即可转正。学业和工作，无论怎么选择都很光明。

变故却突如其来。

先是工作出了岔子。因为发错订货单，导致两家合作公司无法按计划投入生产。项目经理召开会议，清算到最后是需要有人承担。

“实习生出差错的可能性最大。”前辈说，“你主动承担，后续问题我可以帮你处理。春天入职面试的负责人是我，你放心。”

就这样，我结束了实习生涯，并没有接受前辈的“好意”。之后投出无数简历，心仪的公司也给了我面试机会，问到之前实习经历，我坦诚作答的结果换来的尽是不合格。连续几次，意兴阑珊。

与此同时，保研名额也被人顶替了。

我小时候，妈妈总说“要真挚、正直地活着”，潜移默化地认为这是最美好的人生姿态。我恪守本分，认真念书，顺利考上大学后也没有怠慢。但社会却是，属于你的机会会变成别人的机会，不是你的问题倒是会变成你的问题。

到头来只剩下窘迫狼狈。

“又不是小孩子，要能屈能伸，懂得睁一只眼闭一只眼。”

“正因为不是小孩子，有些规则才更要遵守。”

“幼稚。”男友不屑地说。

“我可能暂时没办法做到这种成熟。”

“抱歉，我也没时间等你长大。”

和男友冷战了两周，往日堆积的分歧把感情推到尽头，就这样彼此默认分了手。

那段时间没有上课，不再打工，索性连投简历也停下来。年轻气盛，一边想迅速掌握这个世界的通关技能，一边又想事事讨个说法。就这样对世事满心不甘，也满脑子困惑。

很长时间不出门，整天待在租来的小房间里看综艺节目和日剧，累了倒头就睡。空调遥控器的电池用尽了也懒得管，直接从衣柜里拿出厚衣服盖到被子上。有一晚我被冻醒，睡眼惺忪踩着散了一地的衣服去喝水。外面下着雨。不远处的马路上偶尔传来车辆经过的声音，以及窗户顶棚的透明薄膜上雨水汇集的声音。喉咙干涩得厉害，我张了张嘴，发现自己讲不出话。

那瞬间突然意识到的。

——我失业了哦。

——也失恋了哦。

重新躺回床上，将衣服一一铺好，我拿出手机在通讯录上来回搜寻，只是想跟谁说说话，说什么都可以。

最终电话没能拨出去。

2.

到了平安夜，因住在学校附近，节日气氛浓郁。在人生的十字路口里动弹不得的我，慢慢焦虑得像一颗一引即爆的炸弹，只好离热闹远远的，依旧一个人躺在房间里读书。

“平安夜我一个人过，在公寓的房间里盖上棉被捂住耳朵。过年也一个人过，我没有吃年糕。情人节也一个人过，我没有买巧克力。觉得天气变暖和时，樱花也开了，我没去赏花。半夜，觉得肚子好饿，我打开冰箱一看，空荡荡的。就如同文字的叙述，冰箱里面什么也没有。我又饿着肚子回到被窝里。”

清清楚楚记得这段话，来自《被嫌弃的松子的一生》。直到现在。

莹白色的壁灯圈出一小团光亮的领域，其他角落笼罩在灰暗里。时间是融化的透明流质，静静流淌。

读不下去，便起身去做晚餐。

打开冰箱看到两袋泡面时我松了口气。将两块面饼放进唯一的一只大碗里，倒入开水，放上盖子，等待五分钟。

书胡乱扔在枕边，窗户依然紧闭着。没有打开电视，也没有播放音乐，一个人盘着腿坐在地板上面对热气腾腾的食物，什么也没想地默默举起筷子。

并不是很饿，却在努力吃饭。

并不想孤独，却总是一个人。

不该这样继续，暂时找不到改变的办法。着急得不得了，也不甘低头认输。

世界就这样被卡带了。被施了魔法似的，一切停滞下来。也许几秒，也许几分钟，也许更长时间，那些升腾的气流汇聚成鼻腔里磅礴的酸涩。扁起的嘴唇委屈地颤抖着，终于抖落成号啕的哭声。

3.

寒假拖拖拉拉，春节前也要回家。

家在小城市里，出门尽是亲戚。丢了保研名额，实习失败又分手的事，似乎尽人皆知。建议或者同情，还有趁机来介绍相亲的，关于未来没有一件可确认的事，却不得不逞着笑疲软笨拙地回应。压力暴增，一点小事也会生气。

待在家里无事可做，便把男友相关的物件一一清理打包，填好地址打算寄回给他。一鼓作气做完，只是一些来往信件、情侣布偶、电影票，甚至还有上课传过的小字条，曾经珍贵，只剩回忆。考虑到将这些寄回去会让对方误以为我在悲情挽留，不如扔掉。

回头箱子却不见了，站在阳台上晾衣服的妈妈得意扬扬地告诉我早上寄出去了。

“为什么要擅自寄出去？”

“东西包好不是为了寄吗？”

“我自己会处理。”

“你在生什么气？”妈妈莫名其妙地看着我。

“就因为你总这么闲，什么话都到处说，你知不知道这样我很丢脸？”

“又不是你的错，有什么丢脸的。”妈妈不以为意，“离开那样的公司，我还为你骄傲呢。”

“我会烦啊！”我控制不了情绪，“帮不了我也拜托不要给我添麻烦！”

“我怎么给你添麻烦了？饭给你做好，衣服也不让你洗，你日子过得还不舒服吗？”妈妈委屈地喊，“你到底怎么了嘛？”

“我受够了。”我面无表情起身回房整理行李。

隔天很早起床洗漱，脚踢到东西，低头发现了那箱包裹。已经旧了很多，快递单上被画了很大的叉。

后来爸爸告诉我：“你妈妈赶在发车前去取回来的，一大车快递里翻翻找找一个多小时，在快递那里讨了不少嫌。”

爸爸要上班，是妈妈送我去车站的。气氛尴尬，我们僵着不说话。坐上车后她冲我挥手，我想跟她说点儿什么，喉咙里又发不出声音。倒数几分钟时，她又回来了。冲我扬了扬手里的车票：“想了想，我还是不放心，这次一定要把你送到学校去。”

在我狭窄的出租房里，妈妈坚持睡沙发。她曾从高处跌落，摔断一根肋骨，伤好以后胸前凸出很大一块骨质增生，身姿不舒服会硌得疼。我不同意，让她睡到床上去。

“我就睡这里。”她放好枕头躺上沙发。

最后是我抛下一句“为什么这样一点小事也不能顺我的意？”气鼓鼓地摁灭了灯。

黑暗里我们谁也没有开口，我故意背对着她面向墙的一侧。过了一会儿，她叫我的名字，我赌气没有应答。再叫一次，我依旧没有吭声。

“妈妈从来没想过为难你，我只是……算了，睡吧。”她轻轻叹口气。

再睁眼已是次日清晨。

我洗漱完出来，她把早饭端上桌。熬了稀粥，一碟泡菜，一杯牛奶。待我入座，她将剥好的水煮蛋递过来。

“生意不能歇太久，不开业就得坐吃山空。我还想趁着这几年身体好多攒些钱，不管你将来想干吗，钱都是不能少的。”

“我的钱够用。”

“那我就当攒嫁妆好了嘛。”她语气缓和，没继续跟我争。

“男朋友还没个影儿，急什么呢。”

“不急不急。我这不是赚得少，需要慢慢攒嘛。”她接着说，“等你吃完饭，我把房间再收拾一遍，应该能赶上九点那班车回去。你不用送我。”

怎么可能让她独自走呢。

在候车室里，我去排队给她买票回来又不见了她的身影。她的手机在我这里，找了一圈没看到人，急得打算去播广播时，终于在人潮里看到她急急忙忙跑来的身影。

“刚才进站时看到入口有超市，想着天凉去给你买瓶热饮，没想到迷路了。年纪大了，人又笨，几步的距离找了半天才转回来。饮料都快凉了。”她尴尬地笑了笑，盯着我，“你该等急了吧？”

“没有。”我说。

离发车还有一会儿，我们坐在候车室里等待。因为被她拉着手竟然全身紧绷起来。

“我不太会表达，知道你现在很辛苦也不知道该怎么帮助你。但你必须记住一点：做父母的都希望自己的孩子好。有什么不开心你就给我打电话，不想说话发短信也行。知道你烦，我也不吵你。”她脸上一副深信不疑的表情，“人之所以困惑，是因为在思考。懂得考虑未来，以后的路就不会差到哪里去，我相信我的女儿会找到最好的路。等再过几年你自然会明白，这些都不是了不得的大事。人生啊，失败不是结局，认输才是。”

她紧紧握着我的手：“都会好起来的，你相信我。”

——等再过几年你自然会明白，这些都不是了不得的大事。

——人生啊，失败不是结局，认输才是。

我曾热烈投入这个世界，有一天突然明白，这个世界哪里少了我都可以。于是迷茫了、怀疑了、退缩了，我存在的意义在哪里?

希望与失望之间，不是黑与白、天与地，而是非常近距离的交接点，又矛盾又亲密。炽热跳动的心，没有倾听的人。21 岁，懵懵懂懂，还未成熟。因为年轻，轻易被世界的棱角所伤。也因为年轻，只是心怀期望便有了更多力量。

广播里通知十五分钟后发车，我送她去检票口。

“妈妈。”

“怎么了？”

“妈妈……”

“嗯？”

“到家了给我报平安。”我手里握着她买的热饮，温度早已退却了。

“好，放心吧。”

“妈妈……”

她笑起来：“在呢。”

“……对不起。”

4.

大年初一曾同家人去寺庙参拜。

站在佛堂前，将硬币撒进功德箱，小心翼翼掌心合十。闭上眼睛的短暂几秒，世界安静下来，耳膜被袅远的佛音回绕。

有很多愿望想对神祈愿。

希望家人身体健康。

希望找到通往未来的路。

希望有人能听见我的心。

21 岁的那年冬天，收起青春的稚气踉跄着步入成熟，也曾以为面对未来得心应手，站在人生十字路口时依旧被铺天盖地的迷茫无措席卷，像焦虑的小狮子原地打转。水化成云，云化作雨，雨落入眼眸，凝成悄无声息的眼泪。就这样浅浅存在，轻轻叫嚣。一边学着隐忍，一边誓死抵抗。

最后依旧从包裹的茧里挣脱，伸展透明的、脆弱的翅膀。在星和月间，在山与海里，一路乘着风和雨，开始飞往天际的征程。

星火

文／叶离

Illustration / LittleThanks

在 21 岁年末的高中同学聚会上，我再次见到了 L 君。那是毕业后的第一次同学会，也是分别后的三年里，我第一次与 L 君碰面。

尽管“三年”几乎等同于我和 L 君所有存在交集的时光，但于漫漫人生而言，好像远远谈不上长——至少岁月还没有来得及对他做出太过明显的改变。我依然能一眼就从人群中认出他来，目光迅速捕捉到他的那瞬间，我也很错愕，高中时代练就的这项本领居然没有丝毫退化。

L 君还是三年前的模样。剪着粗糙但很干净的圆寸头（这是我认识他以来唯一的发型），个头已经很高，却套着一个比他身形更大码的黑色羽绒服（据我对他的了解，应该是他父亲的），裤子是已经洗褪色的蓝色牛仔裤，大腿的部分已经趋近于单薄的白。他站在 KTV 门口，昔日的同窗围聚在旁挡住了我的视线，我看不见更多的东西，但丝毫不妨碍我脑海里冒出六年前第一次和他照面时如出一辙的印象——“朴实”。

倘若是源于家境的关系，L 君才始终不分场合地以这种面貌示人，一旦有了这样的前提，对他的形容似乎又要朝“同情”稍微靠近一些。我是知道的，早在高一那年，L 君曾亲口告诉过我——他家面临的是怎样的窘境。所以我从来没有觉得 L 君身上的那种朴实是不好的、糟糕的。相反，恰恰正是他的这份与众不同，我才会安安静静地喜欢了他这么多年。

L 君有着特别干净的气质，这好像也是为什么，当年在全班男生都起身做完自我介绍之后，我的目光依然停留在他身上。那时我还不曾想到，这是之后两年多高中岁月中我的常态。

但凡是女生，对和喜欢的人的初识似乎都记忆犹新印象深刻，可是我已想不起自己是如何和 L 君认识的。既没有上天眷顾让我们成为同桌，也没有互借文具笔记这样顺理成章的小桥段。我们就那么自然而然地，在某个极其普通的地点和某个极其寻常的时刻，以同学的身份，对彼此打了一句极其日常的招呼。

这很重要吗？应该是吧。不然我也不会花上很长一段时间和自己较劲。

毕业的夏天，我和 L 君没有单独道别，甚至没有被分在同一个考场。于是在最后一道铃声打响之后，我在蜂拥而出的战友中伸长着脖子四处张望，试图能在青春的尾巴上再看一看L君，但终究是徒劳。不过在此之前——拍毕业照的那天，班主任像派发扑克牌一样按着我的肩膀插进队列，女生站立的第二排。前面是唯独有椅子可坐的德高望重的师长，而后面，就是L君。我背对他，他面朝我，两人之间不过一只手掌的距离。他规规矩矩地整理校服衣领，呼吸缓缓而灼灼地落在我的后颈。我紧张得忘记了呼吸。大概是知道L君就站在我身后的关系，在摄影师按下快门的刹那，我好像没有及时露出笑容。即便到了眼下，我还能身临其境般地回忆起当时的感受。慌乱的、焦灼的、好像有一团汹汹的火焰涌进胸腔，不喷发出来就会窒息一般。

我像是在用不是自己的声音朝高高竖起OK手势的摄影师大喊："再来一张……可以……再来一张吗？"

队伍已经稀稀拉拉地散开，周围一片热闹的抱怨。我感觉L君重新回到了原位，没有说话。唯独他，没有说话。

那个烈日当空的夏日，始终像一枚金色的书签贴在我的心间。闪闪发亮。

L君的目光越过人群游移过来，轻松对上了我的眼睛。然后微笑着朝我走过来。

他还是和毕业照上一样好看，清澈的眉眼，圆润的鼻头，牵起的嘴角附近旋着一个可爱的酒窝。他对我说：

"好久不见，过得好吗？"

这日距离高中毕业过去了三年，距离我21岁生日过去了316天。

谈不上好哎。

入学早的关系，我比同龄人都先一步迈入更高的年级。当他们还在大学里刻苦修学分，我已经领了毕业证，搭上通宵达旦的列车，来到成都开始新的生活。

提前托朋友租了房，下了火车我便有了居所。预算实在有限，尽管租房位于靠近市中心的一环路旁边，但450元的月租已然断了我对它任何美好的愿想。果不其然，20世纪落成的破败老旧的居民区，没有电梯。我的房间在五楼，面积不大的套三格局。除我之外，二房东（租下整套房子的人）是两个女生，她们住在有阳台的主卧，我隔壁的次卧也住着一个女生，不太好相处的样子。刚开始，我很不适应这样的合租生活，自己房间以外的其他地方都是公共区域。每个人的生活习惯不一样，二房东热爱追星，客厅里隔三岔五堆着偶像明星的海报专辑。隔壁女生不爱打扫，吃过的餐盘永远不会立刻清洗，摆在餐桌上发酵出酸酸的味道。房子没有晾衣服的地方，二房东允许我借用她们的阳台，但总归还是不便。最后我在客厅一角拉上一根麻绳，平时洗好的衣服就挂在那里。虽然不久后，我发现未经我允许，上面出现了不属于我的衣物。我没有说出来，但心里还是很在意，于是每次和隔壁女生遇见，我都会刻意逗留一会儿，想听听她的解释。然而，她直接无视了我。

这多少让我有了回到学校住宿生活的感觉。但又根本不同，到底有什么区别，我一时又说不上来。

首要任务当然是找工作。在网上注册了招聘网站，填了履历，撒网般投出去。我没料到，很快就有了消息，一家动漫公司打来通知我去面试。和自己所学专业有关，所以我很慎重地早早做了准备，拣出在学校里得高分的作业和参赛获奖的Flash作品拷进U盘，面试前一天又特意画了两幅素描放进包里。隔天一大早穿上衣柜里最体面正式的衣服，按照手机里查好的路线搭车转车，兜兜转转两个小时后，我终于抵达了三环外的软件园。

简单的面谈之后，我的所有准备都还没有拿出来展示，就被要求和一群年轻人来到一间办公室坐在拷贝台前描线，描好了就过关。这样的考验还算轻松，我成功被录用了。但前提是先交300元的培训费，进公司训练两个月，手法成熟了就可以正式入职。隔天，我带了几乎是我半个月生活费的300元来到公司，签了合同，拿到了人生的第一份工作。

但很快我就发现了不对劲，不说训练期做免费苦力没有任何收入，就算成了正式员工，薪资待遇也未必能养活自己。这些都是午饭时听前辈们说的，像一个晴天霹雳砸在我们心上。动摇的人很多，我最先做出了离开的决定。离职的那天，领导特意把我叫到办公室，苦口婆心正颜厉色地质问我为什么这么冲动，为什么这么吃不了苦。我沉默着，回答不上来，但就是觉得自己没有那么多时间浪费。见挽回不了我，他最后理直气壮地说："离职可以，不过之前交的培训费是不退的。你是知道的吧？"

明明吃亏的是自己，我却把头低下去，非常惭愧地“嗯”了一声。

出了软件园，眼泪就落下来了。不是因为工作的挫败，而是想起了我与L君的一件小事。

高二那年，班主任实行每周都翻新座位的政策，而在那期间，L君曾坐过我隔壁，非常短暂的几天。当时我的心思一股脑铺在小说和漫画上，记得那个课间我正在埋头翻《夏目友人帐》，L君突然把脑袋凑过来，全然不顾我受惊的样子，歪着嘴角：“原来这些天你都在忙这个啊？”

我没想到他也会留意我，一边悄悄收起漫画一边回：“嗯……你也看吗？”

他摇摇头，继续问：“你很爱动漫吗？”

“嗯，将来想学这个。”说出口的瞬间我就后悔了，我担心L君会觉得我不自量力。可是他说：“很棒啊，希望在电视上看到你做的动画。”

L君当然不知道，他的这句话成了我在志愿上写下“动漫设计”的最大动力。站在空旷的三环路边，我望着天空缓缓飘浮的云，长长地叹了口气。

不自量力啊。

彼时的L君借助亲戚的关系进了一家外贸公司，日日坐在电脑前翻译络绎不绝的英语文件。某日我问他，怎么样？他说，一般般。我记得，他曾经的梦想是做一名英语老师。我们都与梦想错肩，这也算是我与他的默契吧。

后来我找了一份正规而体面的写字楼工作。朝九晚五，工资稳定而充足，终于告别担心吃了上顿没有下顿的窘迫。十六七岁的时候总觉得，人生不可能会有一个人生活的时候。不可能的。身边的朋友一拨儿接一拨儿，想逃离都难。而已然21岁的我，身处人生地不熟的成都，甚至连一起吃晚饭的朋友都没有，一切都必须从头开始。不知从何时开始，发觉交朋友原来是这么难的一件事。

昔日的惺惺相惜友情万岁，眼下只能借助社交软件上的一次点赞和一次转发来兑现。过去那些聊一个通宵都不尽兴的人，如今的QQ头像永远都灰着，只有每逢过年过节，才会接收到来自对方的一条空洞无聊的罐头短信。

至于L君，我们很少联络。他的QQ空间始终存在两个相册，一个上锁，一个命名为“青涩年华”，装着同学的照片，而我就在其中。二十分之一。

生日那天，和部门同事聚餐结束，我走进一家化妆品店，服务小姐热情地领着我在镜子前坐下，耐心地为我打底画眉描眼线，一遍一遍试不同的唇色。看着自己疲态百出的脸，仿佛人生也还有无数种选择。那天我买了人生第一支口红。

这就是我的 21 岁。

崭新却灰暗，灰暗又崭新的 21 岁。

“一般般。”我这样回答看着我的 L 君。一如他曾经给我的答案。

L 君耸肩：“都一样。”

我用脚尖点着地，回忆着：“其实我们早些时候就见面的。去年，记得吗？你去成都出差，我们约了地方，结果你没来。”

L 君移开嘴边的烟，瞪大眼睛：“有吗？我怎么没印象……”

“有的。”我特意说得肯定，“你忘了也正常，别介意。”

L 君迟疑了一下，继续吞云吐雾，笑得特别纯真：“别价啊，下回你来苏州，我请你。”

我冲他眨眼：“成，唱歌去吧。”

迈进 KTV 前，L 君碾灭烟头，我忍不住问：“有喜欢的人吗？”

“有的。”L 君倒是很坦诚。

“同事？在一起多久？”

“嗯单恋，唉！”

“不告白？”

“告，过了这个年就说。”

我突然停下，按住他的肩：“加油啊！”

L 君害羞地笑笑，迅速抬起头：“你呢？”

我啊——

我已经分辨不清还喜不喜欢你了。换作 17 岁，听说你有喜欢的人，我画圈圈诅咒都来不及，“加油啊！”——怎么可能嘛！而这三个字就这么轻易地从 21 岁的我口中说出来了。17 到 21，我已经没把握再去经营一份暗淡无光的单恋，但又非常非常，非常地不甘心。

距离那次会面又过了四年，当时参不透的21岁的意义，眼下的我似乎有些搞清楚了。灰暗、孤独、失落、委屈、敏感、茫然……在这些繁杂负面的情绪背后，总是有一点亮起的微微的暖光，那就是你，L君。于我而言，你是珍贵，是唯一。你也是遥远，也是不可能。在我17岁的夏天就消失的海市蜃楼。

我很少再想起你了。放弃一个曾经花尽力气去喜欢的人，是我在21岁那年完成的功课。

但L君，我是不会忘记你的。

你犹星火，亮我心头，不必燎原了。

At 21

About 21 GIRLS Q&A

曹米娅
Cao Miya
/
天秤座

用一个词形容你梦想中的 21 岁？

肆无忌惮。（张恋恋）

自由。（王小青）

恣意张扬。（曹米娅）

激情。（陈婷婷）

永恒。（陈威娅）

努力且美丽。（戴云珠）

我梦想的 21 岁：做所爱之事，爱所爱之人，不被社会消磨掉自己的光芒，自由且骄傲。（王翰）

美好。（范智巧）

有朋友陪伴，吃吃喝喝。（黄璐瑶）

闪烁。（林曼妮）

青春。（王苗）

洒脱。（陆俏橦）

怒放。（欧阳亦琪）

自由。（彭雨荷）

保持童心。（王乃卉）

幸运。（徐海雯）

充实又简单的。（晏嘉）

勇敢。（林夕）

无法形容。（王靖雯）

青春洋溢。（庄凯慧）

独立自由。（杨奕婷）

陈婷婷
Chen Tingting
/
双子座

那21岁的你，又是怎样的？

打游戏，美剧，宅。（张恋恋）

霸气。（王小青）

充实、阳光。（曹米娅）

什么都敢闯。（陈婷婷）

勇敢。（陈威娅）

能够自己挣点小钱了，并且有一个爱人。（戴云珠）

21岁的我在努力地成为更优秀的自己。（王翰）

迷茫。（范智巧）

和想象的一样。（黄璐瑶）

有故事的。（林曼妮）

大学毕业的忙碌。（王苗）

困惑。（陆俏橦）

怒放的青春。（欧阳亦琪）

懒。（彭雨荷）

率真。（王乃卉）

我很享受当下21岁的自己。（徐海雯）

和梦想中的一样。（晏嘉）

奋不顾身。（林夕）

随性。（王靖雯）

抱负不凡，只是多了一些顾虑。（庄凯慧）

走在梦想的路上不曾停下脚步，用胶片记录全世界。（杨奕婷）

陈威娅
Chen Weiya
/
天秤座

哪一件事，让你真正意识到自己已经『21岁』了？

隔壁宿舍的学姐开始写毕业论文，跟她们一起吃饭道别。（张恋恋）

过年发红包的时候。（王小青）

要去实习了。（曹米娅）

要开始为找工作的事情烦恼了。（陈婷婷）

朋友说自己奔三的时候，我才意识到自己走过20了。（陈威娅）

表弟过20岁生日的时候说『我居然已经20岁了！从此奔三了。』是啊，我还21了呢。（戴云珠）

当小朋友都叫我阿姨的时候，我深深地意识到了。（王翰）

有一天发现自己能笑着对待生活。（范智巧）

被『00后』叫阿姨了。（黄璐瑶）

重视工作。（林曼妮）

遇到了同事，她是1997年的，才18岁。（王苗）

走出学校，再不是个学生妹。（陆俏橦）

生日蛋糕。（欧阳亦琪）

毕业。（彭雨荷）

过完生日的时候。（王乃卉）

好像是真的停止发育了。（徐海雯）

一直是大大咧咧性格的人，总觉得还是一个孩子。（晏嘉）

生日时候的蜡烛。（林夕）

身边竟然已经有朋友领证结婚了。（王靖雯）

爸爸有一次在饭桌上看我在玩熟了的螃蟹脚，问道，你今年多少岁？还说不要再像个孩子一样，该长大了。我知道那句话并不是有意说的，却让我意识到，某些东西在悄然改变。即使在父母面前，我们再怎么长大，在他们眼里始终是孩子。（庄凯慧）

即将毕业，面对社会。（杨奕婷）

戴云珠
Dai Yunzhu
/
摩羯座

但又在哪一刻，你会觉得自己还是那么『不成熟』？

学姐们说那些关于找工作入社会的事情，觉得自己对社会好不了解。（张恋恋）

就没成熟过。（王小青）

碰到难题脑子一片空白，直接哭。（曹米娅）

还是没有理由地爱哭爱闹。（陈婷婷）

控制不住自己情绪的时候。（陈威娅）

在家人面前发小脾气。（戴云珠）

有些时候还是会做让自己陷入两难的糊涂事，冲动。（王翰）

因为在意的事情而情绪波动。（范智巧）

我妈或者我朋友问我脑子去哪里的时候。（黄璐瑶）

逃避问题。（林曼妮）

还好。（王苗）

还想着暑假寒假，什么事都会想依赖爸爸妈妈，有时候还犯小孩子脾气却发现没有老师没有大人惯着自己了。（陆俏檀）

和父母争吵。（欧阳亦琪）

偶尔因为很无谓的小事生气。（彭雨荷）

在面对家人和好朋友的时候，永远是个不成熟的孩子。（王乃卉）

好像永远学不会吃一堑长一智。（徐海雯）

一直都不是很成熟。（晏嘉）

看到妈妈因为我做错事情流眼泪的时候。（林夕）

被爸爸说心太浮躁的时候。（王靖雯）

想法很多、能力弱小的时候，我会觉得自己 点也不成熟。（庄凯慧）

选择的分岔路，考虑过多。（杨奕婷）

范智巧
Fan Zhiqiao
/
巨蟹座

所以，现在特别想改变自己身上的哪一点？

没有想改变什么，很多事情都能学会接受。（张恋恋）

不想改变。（王小青）

遇事不冷静。（曹米娅）

懒惰。（陈婷婷）

懒散。（陈威娅）

要懂得如何拒绝自己不想做的事情，并且不会再因为别人的不尊重而玻璃心。（戴云珠）

想改变自己做事不计后果、冲动的缺点。（干翰）

性格上的小噪点。（范智巧）

懒。（黄璐瑶）

情绪化。（林曼妮）

不想改变。（王苗）

收敛自己的任性，别人不吃这一套。（陆俏橦）

胆子小。（欧阳亦琪）

懒！希望可以变得更有战斗力点。（彭雨荷）

对于一些事情太过执着。（王乃卉）

不想改变，一切都很好。（徐海雯）

拖延症。（晏嘉）

冲动。（林夕）

希望学习上更脚踏实地努力点吧。（王靖雯）

固执、拖延和不善表达，念旧，不爱交新朋友。（庄凯慧）

固执。（杨奕婷）

黄璐瑶
Huang Luyao
/
射手座

还记得最近的一次哭泣吗？是因为什么事？

母亲来工作的城市看我，自己却把手摔断了。（张恋恋）

买的零食掉了一地。（王小青）

被感动的。（曹米娅）

看青春电影，总是触动内心。（陈婷婷）

智齿。（陈威娅）

看电影感动哭了……我泪点低。（戴云珠）

最近一次哭是因为看了一个悲伤电影。（王翰）

和自己最在乎的那个人吵架了。（范智巧）

看了电影《外婆的家》。（黄璐瑶）

思念已故的奶奶。（林曼妮）

因为想念。（王苗）

看了一部叫《福尔摩斯先生》的电影。（陆俏橦）

亲人走了。（欧阳亦琪）

最心爱的猫走了。（彭雨荷）

貌似太久远而忘记了。（王乃卉）

不记得，好久没哭了。（徐海雯）

最近一次记不得了。（晏嘉）

突然被男朋友抛弃了。（林夕）

不记得，哭不一定要有原因。（王靖雯）

深爱了六年的男生吧，总是很难忘记。（庄凯慧）

回温一部十年前的电影《雏菊》，温暖、细腻、感人。（杨奕婷）

林曼妮
Lin Manni
/
巨蟹座

让你开怀大笑的一件事又是？

我喜欢笑，感觉每天都有能让自己大笑的事情。（张恋恋）

零花钱涨了。（王小青）

太爱笑了，整天就在笑。（曹米娅）

看到自己设计的新家太美了总是笑个不停。（陈婷婷）

在想这个问卷很多答案的时候。（陈威娅）

我宝宝做了件很丢脸又很可爱的事。（戴云珠）

每天都开怀大笑，太多事啦。（王翰）

朋友们为我庆生。（范智巧）

跟好朋友聊天。（黄璐瑶）

收到在意的人的信息。（林曼妮）

我喜欢的人出糗。（王苗）

和一年多没见的上海的高中闺密还有几个朋友共度了两天，就和那时一样。（陆俏橦）

微博上看到一个戳我笑点的段子。（欧阳亦琪）

所有课程都及格了。（彭雨荷）

经常笑哈哈哈哈哈哈。（王乃卉）

一个笑话。（徐海雯）

每天都过得挺开心的。（晏嘉）

和姐妹团聚餐一起干杯一饮而尽。（林夕）

每天都会笑啊。（王靖雯）

很多事情。其实我很容易满足，比如和家人在饭桌上，或是跟好朋友谈论起有趣的事儿。（庄凯慧）

所拍摄的照片得到更多的人认可欣赏。（杨奕婷）

林夕
Lin Xi
/
天秤座

一说到『苦恼』，最先想起来的是？

恼着很多事，也说不上苦，生活工作就是这样解决掉一个问题再去解决另外的问题。（张恋恋）

年纪轻轻没什么好苦恼的。（王小青）

时间不够用。（曹米娅）

钱。（陈婷婷）

雨天。（陈威娅）

总是调整不好作息时间，很苦恼。（戴云珠）

要毕业啦，不想毕业。（王翰）

工作。（范智巧）

以前吃不胖，现在不行了。（黄璐瑶）

恋情。（林曼妮）

总觉得时间不够。（王苗）

工作，未来。（陆俏橦）

Money。（欧阳亦琪）

接电话，超头疼。（彭雨荷）

吃什么。（王乃卉）

不再是一个小孩了。（徐海雯）

减肥。（晏嘉）

发胖。（林夕）

压力。（王靖雯）

觉得自己不够好，能帮助别人的少之又少。（庄凯慧）

希望有三头六臂，有效率地完成更多的事情。（杨奕婷）

陆俏橦
Lu Qiaotong
/
天秤座

那身边最让你信任的人是？

我的大表哥、我的化妆师、我的父母、朋友们，没有最，只有之一。（张恋恋）

家人、闺密。（王小青）

闺密。（曹米娅）

妈咪。（陈婷婷）

父母。（陈威娅）

妈妈和对象。（戴云珠）

我父母，妹妹。（王翰）

父母。（范智巧）

我最好的朋友。（黄璐瑶）

我自己。（林曼妮）

父母。（王苗）

爸爸。（陆俏橦）

父母。（欧阳亦琪）

爸爸妈妈。（彭雨荷）

爸爸妈妈。（王乃卉）

父母。（徐海雯）

有很多人都很信任。（晏嘉）

自己。（林夕）

爸妈和男朋友。（王靖雯）

家人，闺密。（庄凯慧）

家人。（杨奕婷）

欧阳亦琪
Ouyang Yiqi
/
处女座

最近别人夸奖你的哪一句话，让你记忆犹新？

心很宽。（张恋恋）

记性不好，早忘了。（王小青）

蛮靠谱的。（曹米娅）

皮肤真好。（陈婷婷）

你有一份自己的事情在做，在别人眼里，你是发光的。（陈威娅）

给妈妈看我上了杂志封面，妈妈很骄傲地说『我女儿真棒。』（戴云珠）

最近没啥人夸我哎。（王翰）

比想象中有内涵。（范智巧）

鸡翅烧得不错。（黄璐瑶）

才情兼备，优雅可爱。（林曼妮）

我很喜欢你。（王苗）

你和别人不一样。（陆俏橦）

还好有你在，不然我真不知道怎么办。（欧阳亦琪）

笑起来很有感染力。（彭雨荷）

好想拔掉你的小虎牙，太可爱了哈哈哈哈哈。（王乃卉）

你美得好特别。（徐海雯）

以后这个世界是你们『90后』的。（晏嘉）

你看，每个人身上都有让我们学习的地方，你也是。（林夕）

数学老师夸我努力。（王靖雯）

『真的很棒！饼干做的很好吃！怎么会有这么好吃的牛轧糖！』『这次的照片超级好看！』（庄凯慧）

能靠颜值非得靠才华，因为知道技能才是一辈子的。（杨奕婷）

彭雨荷
Peng Yuhe
/
狮子座

哪一刻，会让你觉得特别地无助？

车被别人剐了。（张恋恋）

在家门口却发现没带家钥匙。（王小青）

身边没朋友在的时候遇到难题。（曹米娅）

家人生病的时候。（陈婷婷）

没有。（陈威娅）

一个人的时候夜里腰痛到晕厥。（戴云珠）

发烧回家，家里一个人没有。（王翰）

最在乎的人消失了。（范智巧）

祸不单行时无人倾诉。（黄璐瑶）

一个人置身于黑暗里。（林曼妮）

没人理我的时候。（王苗）

站在北京的租的房子里，看着十八层楼以下的环境，不知道这个世界该怎么走，不知道未来在哪里。（陆俏橦）

拎不动的箱子却硬得自己扛回家。（欧阳亦琪）

很饿但是不知道我吃什么好的时候。（彭雨茼）

在陌生的环境遇到自己无法解决的事情。（王乃卉）

一个人去物业取快递。（徐海雯）

去解释一些事情的时候。（晏嘉）

房东打电话来催房租的时候。（林夕）

不想说。（王靖雯）

一个人奋斗不受肯定的时候，也许过去曾有过这样一段时间，现在偶尔也会有这种感觉吧。（庄凯慧）

天气因素而导致拍摄工作无法进行。（杨奕婷）

王翰

Wang Han

/

狮子座

在耳机里循环播放的歌是？

《晴天》。（张恋恋）

多着呢。（王小青）

Sometimes When We Touch.（曹米娅）

只要好听都会单曲循环。（陈婷婷）

Deep Deep Blue.（陈威娅）

最近是田女神的《小幸运》~（戴云珠）

Close To You.（王翰）

王菲的《匆匆那年》。（范智巧）

A Sorta Fairytale.（黄璐瑶）

The Best Is Yet To Come.（林曼妮）

很多都会循环播放因为回忆会涌出来。（王苗）

Heaven-Lensko.（陆俏橦）

《兜圈》。（欧阳亦琪）

Greyson Chance 的 *Meridians*。（彭雨荷）

Walk Away.（王乃卉）

Roses-the chainsmokers.（徐海雯）

张悬。（晏嘉）

《从前慢》。（林夕）

太多了。（王靖雯）

陈奕迅《时光倒流二十年》、洪卓立《回到最爱的那天》、

新垣结衣 *Heavenly Days*.（庄凯慧）

《陪我到可可西里去看海》。（杨奕婷）

王靖雯
Wang Jingwen
/
狮子座

鼓足勇气花了一大笔钱，买下的东西是？

买了一辆小轿跑。（张恋恋）

新的笔记本电脑。（王小青）

一台钢琴。（曹米娅）

房子。（陈婷婷）

车子。（陈威娅）

护肤品和保养口服液！（戴云珠）

猫咪。（王翰）

一只两个月大的猫咪。（范智巧）

小学收集过邮票，拿压岁钱去买了限量发行的一套。（黄璐瑶）

宝石戒指。（林曼妮）

送给心爱的人礼物或者自己很喜欢很喜欢的饰品包包。（王苗）

美容仪哈哈哈哈，突然就害怕自己衰老。（陆俏橦）

买下一次旅行。（欧阳亦琪）

没有。（彭雨荷）

给妈妈的生日礼物。（王乃卉）

车。（徐海雯）

一台胶片相机。（晏嘉）

去美国的来回机票。（林夕）

花钱一直都挺爽快的，最近应该是给妈妈买的 iPhone。（王靖雯）

全新的空调和手机。独立开始，不花父母半分钱买下的，这是我认为最有意义而且很贵的东西吧。（庄凯慧）

相机。（杨奕婷）

王苗
Wang Miao
/
白羊座

用一句话来描述『初恋』吧！

跟喜欢的人在一起的感觉就是初恋。（张恋恋）

哪儿凉快哪儿待着去。（王小青）

传字条就很满足。（曹米娅）

现在想起来真的太稚嫩了。（陈婷婷）

温暖的手掌。（陈威娅）

是谁。（戴云珠）

那个第一次见面的午后，你的回眸，不会忘。（王翰）

也许是因为喜欢又也许是因为当时的迷茫与无助，结果我们恋爱了。（范智巧）

真的没什么印象了。（黄璐瑶）

整个世界森林里的老虎全都融化成黄油。（林曼妮）

懵懂的年纪用心的爱。（王苗）

想到就会笑。（陆俏橦）

懵懵懂懂带着一点傻气。（欧阳亦琪）

害羞。（彭雨荷）

纯纯的。（王乃卉）

不后悔。（徐海雯）

幼稚青涩又美好。（晏嘉）

单纯的只是因为喜欢一个人。（林夕）

年轻犯的错，当时眼瞎。（王靖雯）

再也不会这么追着一个人跑了吧。（庄凯慧）

那天风很大，你站在风口，满世界都是你的味道。（杨奕婷）

王乃卉
Wang Naihui
/
狮子座

最近沉迷的一件事是？

下载了一个糖果破碎的小游戏。（张恋恋）

自拍啊。（王小青）

种花。（曹米娅）

收集。（陈婷婷）

看秀。（陈威娅）

看各种护肤攻略以及产品推荐。（戴云珠）

旅行。（王翰）

养猫咪。（范智巧）

吃东西。（黄璐瑶）

观赏水母。（林曼妮）

旅游。（王苗）

塞着耳机听 NCS 的电子音乐，感觉自由。（陆俏橦）

健身。（欧阳亦琪）

养猫。（彭雨荷）

看杂志。（王乃卉）

电音。（徐海雯）

上网。（晏嘉）

旅游。（林夕）

学习。（王靖雯）

看书。（庄凯慧）

午后斑驳的阳光下，在镜头里少女的双眸。（杨奕婷）

王小青
Wang Xiaoqing
/
射手座

在你的『梦想清单』里，排在最上面的一条是？

在国外有一套海景房，以后每年都能去住上一阵。（张恋恋）

吃喝玩乐不用上班。（王小青）

找到喜欢的工作。（曹米娅）

带家人环游世界。（陈婷婷）

环游世界。（陈威娅）

跟爱人旅拍全世界。（戴云珠）

带妈妈一起旅行。（王翰）

希望可以带着父母以及爷爷奶奶出国旅游。（范智巧）

吃遍全世界。（黄璐瑶）

家庭美满幸福。（林曼妮）

不久的将来开自己的店。（王苗）

拍文艺电影。（陆俏橦）

能把自己想去的地方都踏遍。（欧阳亦琪）

去冰岛结婚。（彭雨荷）

开心最重要。（王乃卉）

充实的一生。（徐海雯）

变成一个独立勇敢的人。（晏嘉）

有一个家。（林夕）

考研。（王靖雯）

我想让家人过上没有债务的日子。（庄凯慧）

旅行是我的解药。（杨奕婷）

徐海雯
Xu Haiwen
/
水瓶座

『毕业』这个词对你来说意味着？

我要独自面对社会，虽然自由了，但是有生存压力了。（张恋恋）

好日子到头了。（王小青）

新生活开始了。（曹米娅）

真正长大。（陈婷婷）

Nothing。（陈威娅）

自由时间的解放！可以有更多的时间来做自己想做的事了，工作上也能够全身心投入了。（戴云珠）

意味着，跟青春告一段落了。（王翰）

分别和希望。（范智巧）

对人生要重新审视一次。（黄璐瑶）

开启无限可能。（林曼妮）

分别为了以后的重逢。（王苗）

人生第一个篇章解锁了。（陆俏橦）

新的起点。（欧阳亦琪）

分离。（彭雨荷）

成长。（王乃卉）

社会。（徐海雯）

好可怕，因为毕业设计完全不会。（晏嘉）

分离。（林夕）

不意味着什么，会继续深造自己，对我来说学习是一辈子的事情，毕业只是不待在学校而已。（王靖雯）

即将『老』去，其实，是一个新的开始。（庄凯慧）

生活的姿态是需要自己去把握争取的。（杨奕婷）

晏嘉
Yan Jia
/
巨蟹座

觉得最贴近自己理想的工作会是？

曾经也想去杂志社工作，喜欢艺术时尚，现在做跟服装有关的工作也算是很接近了。（张恋恋）

美食家。（王小青）

服装设计师。（曹米娅）

有闲暇时间做自己的事情。（陈婷婷）

高级旅游体验师。（陈威娅）

拍拍片、卖衣服的小设计师。（戴云珠）

自在的事，便是贴近我的。（王翰）

幼师。（范智巧）

美食评论家。（黄璐瑶）

女权主义政治家。（林曼妮）

开自己的店。（王苗）

演员。（陆俏橦）

灯光艺术家。（欧阳亦琪）

花店老板。（彭雨荷）

设计师。（王乃卉）

还会是模特。（徐海雯）

想做女强人。（晏嘉）

服装设计师。（林夕）

老师。（王靖雯）

自由工作者吧，喜欢摄影、烹饪。（庄凯慧）

自由工作者。（杨奕婷）

杨奕婷
Yang Yiting
/
摩羯座

关于『未来』，你觉得是什么颜色的？

白色，潜意识里时空穿越过去的未来是白色发光的。（张恋恋）

我怎么知道。（王小青）

白色。（曹米娅）

绿色。（陈婷婷）

一种还没被命名的颜色。（陈威娅）

彩色。（戴云珠）

黄色，跟蓝色一样清新却比蓝色少一些忧郁。跟红色一样温暖却比红色少一些浮躁。（王翰）

白色。（范智巧）

黑色（纯粹因为觉得黑色好看）。（黄璐瑶）

有质感的颜色。（林曼妮）

彩色。（王苗）

星空的颜色，形容不出来。（陆俏橦）

彩色。（欧阳亦琪）

橘色吧。（彭雨荷）

蓝色。（王乃卉）

白色。（徐海雯）

白色。（晏嘉）

绿色。（林夕）

竟然是白色哎。（王靖雯）

粉色，永远少女心般。（庄凯慧）

彩虹色。（杨奕婷）

张恋恋
Zhang Lianlian
/
处女座

那么，将来想成为怎样的人？

贤妻良母。（张恋恋）

厉害的人。（王小青）

做事靠谱，让人放心的人。（曹米娅）

充满斗志又心怀自由。（陈婷婷）

能给这个世界带来更多美好的人。（陈威娅）

能有一点点小影响力，能给一部分人做榜样。（戴云珠）

希望自己将来做一个不让自己讨厌，做一个一直想成为的人。（王翰）

胸无城府，与世无争。（范智巧）

独立，过得开心，心平气和。（黄璐瑶）

出色且坚毅的 gentlewoman。（林曼妮）

守住幸福懂得珍惜的人，不放弃的人。（王苗）

成为一个能洒脱生活、自由生活的人。（陆俏橦）

能生活得很开心。（欧阳亦琪）

有担当，有责任心，自由的人。（彭雨荷）

一个善良勇敢有爱心的人。（王乃卉）

像我这样的人。（徐海雯）

女强人。（晏嘉）

让父母骄傲的人。（林夕）

做好自己就行。（王靖雯）

父母骄傲，爱人珍视，活成自己想要的人。不过，到底是什么样子的呢？（庄凯慧）

羡慕自己的人。（杨奕婷）

庄凯慧
ZhuangKaihui
/
摩羯座

对未来的自己说一句话的话，你会说？

做自己想做的，把快乐延续下去。（张恋恋）

你真棒，干得漂亮。（王小青）

要一直保持乐观。（曹米娅）

多闯多拼，不要让以后的你后悔。（陈婷婷）

勿忘初心，知足常乐。（陈威娅）

请继续努力爱和生活吧！不要放弃梦想，只有自己才能决定自己想要的生活。（戴云珠）

请不要忘记在21岁的铮铮誓言，你要一直笑着走下去。（王翰）

爱自己。（范智巧）

今天不要过于担心明天的事。（黄璐瑶）

Smile。（林曼妮）

努力去做自己想做的事，不后悔。（王苗）

愿你自由。（陆俏橦）

你开心吗？（欧阳亦琪）

Hi，请好好珍惜每一天。（彭雨荷）

做好自己，过好每天。（王乃卉）

不要害怕，做你想做的。（徐海雯）

未来未知。（晏嘉）

爱自己。（林夕）

夏酷暑，冬严寒，春也不死吾心，心所向，将所成。（王靖雯）

不要后悔自己当初的选择！感谢自己，无论做什么事都勿忘初心。（庄凯慧）

从拿起相机的那一刻起，我知道我此生都放不下它了。（杨奕婷）

Dreams

PHOTOGRAPHY

八公小羊

MODEL

范智巧

酥糖

21 岁的时候，还在校园里遥想未来，不谙世事，又因为无知而徒生出很多烦恼，不过无论哪个烦恼都不会太深沉。现在翻开当年的相册，发现想哭就哭想笑就笑，一无所有却不见阴郁的 21 岁面庞，不漂亮，却拥有现在无法匹敌的光芒呢。

Little Thanks

我 21 岁的时候常一个人在图书馆里毫无目的地闲逛，园林的、天文的、语言的……看懂的和没看懂的，都翻一翻。从一楼逛到五楼，任由书架间的空气、光线，填充着我空白的时光。只是，走到三楼右边的图书室时，我仍会下意识地低着头。

八公小羊

这就是所谓的命中注定吧。时间正正好好，不紧不慢在我 21 岁的年华里，有幸完成了属于自己的第一本写真书籍《21》。原来，梦想可以离自己那么近，触手可及。在我 21 岁的时光里静谧而又有规律地流淌着。

落落

我 21 岁时所幻想过的事情，日后都以一种完全超越的形式被实现了，算满足吗？但我还是很清楚地记得，在惴惴不安想象着未来时，自己当时的那种兴奋和担忧，完满地兼具了『胆大妄为』和『妄自菲薄』——那种矛盾，它们曾经很美好地出现过。

朱熙

21 岁时一天天累积起来的琐细愿望，如今回忆起来单纯得不可思议：睡前设定闹钟，祈祷隔天清早能准时睁眼，别错过点名；中午希冀老师不要拖课，食堂最好吃的牛筋面慢点卖完；翻开期末考卷最后大题前先默念三遍，指望是曾背过的题。琐细简单，不值一提，却是它们累积成了隔着时光与现在的我遥遥相对的那个，相似又有点不同的自己。

夏无觞

21 岁，现在回想起来最羡慕的年纪，处在学生时代的我，充满所谓的理想与热情，可喜的是周围的人都善良地包容与理解我，所以即便现在，仍然保持着这样的状态，以画为生，并乐此不疲。

花生坚壳

『16：40，醒来的时候发现自己在图书馆。整理一下桌面，把速写本收起，借来的画册、图鉴等书籍放回书架。准备去吃晚饭，之后赶紧回去，日复一日相同的生活。』

这就是 21 岁的自己，贪婪地学习着与画画相关的全部知识，像一只奋力的无头苍蝇，那时候对一切都感到好奇，并且充满了热情，不知疲倦，执着的同时很蠢。也许穿越回去，能够更有规划更有效率地去学，不过那就是 21 岁呀，充满了热情一直去做一件事情就挺好！有梦想就挺好！

萧凯茵

21岁的时候，如果花了1000字去讲一个故事，可能会花上2000字在日记里东一点西一点地解释前因后果个中缘由与插曲。一个故事的空间都塞不下所有想说的话，原因可能是那颗求真的心太过强烈了，非要延伸到现实的空间，为故事里的自己做证似的。

天宫雁

21岁的我正偷偷地计划着一件大事：我要休学，要搬去日本。除了脑发育不全，根本无法解释这种宇宙级的草率。然后我就休学去日本了。回学校把书读完好好毕业是几年后的事。没有后悔。问我会不会再做一次的话……嗯，人不脑残枉少年嘛。

辜好洁

一直觉得21岁是很微妙的年龄，从稚气的襁褓中探出手，想要触碰更大更美好的世界，也无数次因为冰冷抑或炽热收回手。21岁也是蜕变的过程，开始独自生活，处理困境，面对失败，以及从失败里再次站起来。可是，21岁真是太好了，失恋失业失去很多，也从中找到了更坚强的『我』。今后也请继续加油。

叶离

21岁那年辞掉了工作，专职在家写作。整天整天地不出门，当时还没有外卖软件，饿了就去楼下吃一碗杂酱面，再提一袋速冻水饺回来。年末花光所有积蓄找中介搬了家，合住的室友鱼龙混杂，藏族人半夜喝醉酒会来砸门。生日那天，恋人送了一个双肩包给我，现在也还在背。

陈奕潞

21岁，圣诞节，几个人一起到太原街的圣诞树下面拍照。被假装迷路的骗子骗了五十块钱。楼下的CD店推荐我伊凡塞斯音乐的大叔，还有那些我热烈地喜欢并讨好过的人，后来也没有再出现在我身边了。像是夏天来之前的雪人。那时候我不知道未来是什么，自己是什么。生命兀自冲动良善，难能可贵。

李茜

我的21岁好像没有小说里的风花雪月，为了考日语一级每天晚上去自习室刷题，往年的试卷集从头到尾反复做了两遍，每一题听力都要一字一句听写出来。对了，那年还写了第一本长篇小说《短长》，有半本是在自习室里手写出来的……总之，是很努力的一年。

魏蓉

21岁的时候冬天会穿短裙挤公交车到湖南路吃火锅和酸菜鱼，对每一家小店里的衣服饰品都有惊喜感，还买CD，至今看到家藏的碎南瓜乐队的VCD还能回忆起初逢的欣喜和怅然——为什么？为什么？我只要安安静静听歌啊！21岁的时候这般矫情地认真，现在逛店觉得没有衣服令人动心和去星巴克嫌拥挤的空洞欲望，实在再没有美好的年华和生活抗衡。

黄小党

21岁时的我虽然满脸的胶原蛋白，但却蓬头垢面。室友们忙着谈恋爱或者拼奖学金，我在埋头看漫画当写手。做了无数场作家美梦，也深知现实残酷，始终难以放弃码字的乐趣。印象最深的是在室友们的震天鼾声里通宵赶稿，那股淳朴的傻劲是再也找不回来了。

21 后记

The end.

在没有风的地方，总是给人以时间停止的错觉，为什么会有这样的联想——万物都仿佛静止了，没有变化，完全凝固，细胞没有进化也没有衰老，所有的运动都在宇宙中停止了下来。从一个肥皂泡，到一片蓑叶，一串脚步，前脚掌落得重一些，看出是奔跑，还有一颗飞溅的火星停留在空中，释放它的火把还捏在21岁的自己手里。

于是，停，就在这里，没有什么比这个瞬间更适合停止了，让一切就在21岁的当口凝固，曾是我持久幻想中的最完美的完结。

在推出第一辑《17》时，《19》和《21》就是预计好的——三个年龄，就这三个，足够了，以《21》作为最后一本，大概是以为冥冥之中，我总认为它是个带有明显分界线标志的数字，而它所区分的，并不是一个"不成熟"的自己和"成熟"的自己，并不是天真和老练，并不是幻想和现实，都不是这些，我想，因为一旦跨过这个年龄，之后的一切都带有一种近乎悲观的无可挽回，是走某条路，爱某个人，计算某个结局，但在21岁之前，路是由自己走出的，那个人是被自己所爱的，从来没有过任何的结局落下过定锤的响声。

其实可以清楚地看见，21岁时被两种力量温柔撕扯的自己，一种是正在褪去的鲁莽慢慢放下主导权，另一种是被外界所被动捏成的新轮廓，于是就这样一个21岁的自己在"我"和"外界"之间缓缓倒戈。它最终还是要回归到众生中去，之前品尝的所有畅想，刺激，谋求在那之后都不再拥有同样锋利的刀刃，它们没有办法再朝外，抵抗外界的压力，而不得不反过来对准自己，削去不符合容器的锐角。

17岁时连许一个要拯救世界的念头都许得软塌塌，让豪言壮语和棉花糖一起存在也没有半点违和；19岁时也许拥有了整个人生中最成熟的那一秒，第一次在迷路中不小心撞见了生死的诤言；而到了21岁，一切终于可以回归寂静了，因为那之后啊，那之后所有的一切，所有的人生，都已然是另一个自己，以21为切割完美的断面，彻底划分成两半。

之后苦恼一些毫不美丽的问题，关于生计，关于如何讨同行开心，关于一些遥不可及的工作目标，曾经以为看不见的天花板，会很快知道腰挺得直一些就会碰到，于是整个人都驼了背，一天天地矮掉。内在的空虚因此不断增长，逼迫自己去饥不择食地寻求刺激，它和那个近在咫尺的天花板时时刻刻成为矛盾。时时刻刻的长吁短叹，束手无策的自己——之后。

所以 21 岁之前让时间凝固就好了，让它们永恒，让它们成为被保留下的光束，让它们成为历经千年万年也依然闪烁的光芒，提醒着早已物是人非的自己，在 21 岁前，一切都异常美好过。它和痛苦之间的关系只是逗弄，绝望也只是怜惜地留下了一串梅花脚印，真正的庸俗不曾造访，时间大概真的曾为自己停止过一次。

21 岁，之后活得是成功是失败，是精彩是平凡，那都是之后的事了，与 21 岁以前的自己没有关系。因为那是两个人生，一个说试上高峰窥皓月，一个说我亦飘零久。

落落

2016 年 3 月 1 日

图书在版编目（CIP）数据

21 / 落落编著 . -- 长沙 : 湖南文艺出版社 ,2016.4
ISBN 978-7-5404-7541-3

Ⅰ . ① 2… Ⅱ . ①落… Ⅲ . ①散文集 - 中国 - 当代Ⅳ . ① I267

中国版本图书馆 CIP 数据核字 (2016) 第 061947 号

上架建议：畅销书 · 青春

21
Twenty One

编　　著： 落　落
出 版 人： 刘清华
出 品 人： 郭敬明　落　落
项目总监： 痕　痕
责任编辑： 薛　健　刘诗哲
监　　制： 赵　萌　刘　霁
特约策划： 董　鑫
特约编辑： 扬　羽　周子琦　kiya
营销编辑： 李　素　杨　帆
装帧设计： ZUI Factor
设 计 师： 楚　婷
内页设计： 楚　婷

出版发行： 湖南文艺出版社
（长沙市雨花区东二环一段 508 号 邮编：410014）
网　址： www. hnwy. net
印　刷： 北京盛通印刷股份有限公司
经　销： 新华书店
开　本： 880mm × 1230mm 1/32
字　数： 200 千字
印　张： 8.25
版　次： 2016 年 4 月第 1 版
印　次： 2016 年 4 月第 1 次印刷
书　号： ISBN 978-7-5404-7541-3
定　价： 43.00 元

质量监督电话： 010-59096394
团购电话： 010-59320018